Lord Guillonk

Sergente

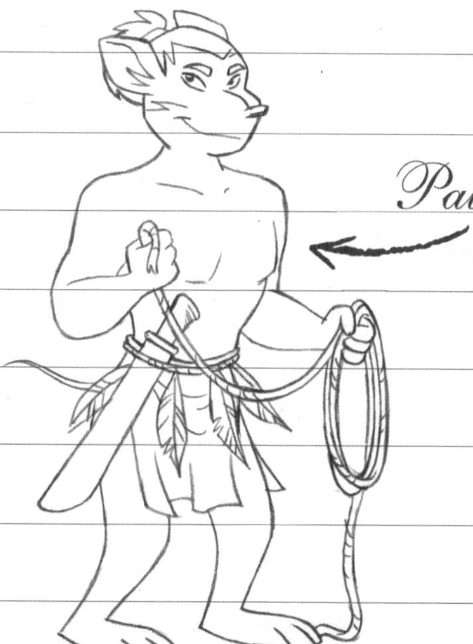

Patan

Geronimo Stilton

LE TIGRI DI MOMPRACEM

Cari amici roditori,

dovete sapere che la mia passione per la lettura è cominciata tanto tempo fa, quando ero ancora piccolo. Passavo ore e ore a leggere romanzi bellissimi, che mi hanno fatto vivere fantastiche avventure e conoscere luoghi lontani e misteriosi. È proprio vero che leggere mette le ali alla fantasia!

Così ho pensato di regalare anche a voi le stesse emozioni che ho provato io anni fa, raccontandovi i capolavori della letteratura per ragazzi.

I tigrotti di Mompracem sono pronti a seguire Sandokan, il famoso pirata conosciuto col nome di Tigre della Malesia, in un'avventura ricca di pericoli ed emozioni.
Insieme al fido Yanez, a Giro-Batol e a Patan Sandokan si batterà per la libertà e per la conquista del tesoro più prezioso: il cuore della bella Marianna!

Geronimo Stilton

Testo originale di Emilio Salgari, *liberamente adattato da* Geronimo Stilton.
Coordinamento di Patrizia Puricelli, *con la collaborazione di* Benedetta Biasi *e* Maria Ballarotti *(testi)*, Roberta Bianchi *(disegni)*.
Coordinamento testi di Sarah Rossi.
Collaborazione editoriale di Annalisa Strada.

Editing di Red Whale *di* Katja Centomo *e* Francesco Artibani.
Direzione editing di Flavia Barelli.
Coordinamento di Erika Centomo - *Supervisione di* Mariantonia Cambareri.
Cover di Flavio Ferron.
Disegni di riferimento di Roberta Tedeschi *e* Edwin Nori.
Illustratori: Silvio Camboni, Andrea Ferraris, Danilo Loizedda, Roberta Tedeschi *e* Luca Usai. *Inchiostratori:* Silvio Camboni, Danilo Loizedda, Sonia Matrone *e* Luca Usai. *Coloristi:* Giorgia Arena, Cecilia Giumento, Edwyn Nori *e* Nicola Pasquetto.
Grafica di Paola Cantoni. *Con la collaborazione di* Yuko Egusa.

Da un'idea di Elisabetta Dami.

www.geronimostilton.com

I Edizione 2011

Stampa: Mondadori Printing S.p.A. - Stabilimento di Verona

Geronimo Stilton

LE TIGRI DI MOMPRACEM

PIEMME

UN URAGANO SU MOMPRACEM!

La notte del 20 dicembre 1849, Mompracem, isola SELVAGGIA a occidente del Borneo, fu travolta da un violentissimo uragano.
In balia del vento e delle onde, l'isola era immersa nelle tenebre, fatta eccezione per due piccole LUCI che brillavano dall'alto di una rupe a picco sul mare. Erano le luci di una capanna, su cui sventolava una bandiera rossa con la testa di una tigre.
Tutti i marinai del continente conoscevano bene quella bandiera: da lungo tempo

terrorizzava le acque malesi e attaccava con **FEROCIA** le navi inglesi. Era la bandiera di Sandokan, Tigre della Malesia: il pirata più famoso mai apparso sull'oceano!
All'interno della **capanna**, in una stanza stracolma di incredibili tesori, un uomo era seduto a un tavolo.
Di corporatura **forte** e slanciata, l'uomo aveva una carnagione dorata e lineamenti decisi. Una folta barba gli incorniciava il volto e lunghi capelli scuri gli ricadevano sulle spalle, scivolando fuori da un **VISTOSO** turbante. Sembrava inquieto, in attesa di qualcosa o qualcuno, e il suo sguardo profondo era oscurato dalla **preoccupazione**.
Poco dopo mezzanotte, all'improvviso la porta della capanna si spalancò: sulla soglia

comparve un tipo calmo nei movimenti, con un paio di **baffi** arricciati e astuti occhi grigi.

L'uomo seduto si alzò di **SLANCIO** e abbracciò con vigore il nuovo venuto:

– Yanez! Amico mio! Finalmente sei tornato!

– **SANDOKAN!** – rispose Yanez, con un marcato accento portoghese. – Che notte **TERRIBILE!** Il viaggio di ritorno è stato più faticoso del previsto...

LA PERLA DI LABUAN

Ebbene, mio fido Yanez – esordì Sandokan, – sei riuscito a vedere la PERLA di Labuan?

Il compagno scosse la testa: – No. L'isola di Labuan, dove lei vive, è protetta dagli incrociatori inglesi e approdarvi è impossibile. Ma si dice che sia tanto bella da **affascinare** il più feroce dei pirati. Pare che i suoi capelli d'oro e i suoi occhi color del MARE incantino chi la vede.

Sandokan **sussultò**: – Ma non si sa chi sia? Qual è il suo nome?

– Alcuni dicono che sia figlia di un colono – rispose Yanez. – Altri di un lord, altri ancora che sia parente del governatore di Labuan...
Sandokan divenne pensieroso per un po', poi si riscosse e domandò: – Che cosa fanno gli inglesi a Labuan?
– Si preparano alla BATTAGLIA – rispose Yanez, con tono pacato.
Sandokan s'inalberò: – Ah! Dunque sarebbero così TEMERARI da attaccare Mompracem! Se solo oseranno alzare un dito su quest'isola, dovranno vedersela con la Tigre!
– Il loro odio verso i PIRATI è grande – ribatté Yanez con gravità. – E tu non fai che RINFOCOLARE il loro astio! Assalti i loro forti e mandi a picco intere flotte di navi...
– È vero, ma di chi è la colpa? – replicò con fervore Sandokan, rosso in volto.

Poi continuò: – Forse non ricordi quanto gli inglesi siano stati crudeli con me? Hanno usurpato il mio trono e hanno DISTRUTTO la mia discendenza! Che cosa avevo fatto di male io? Nulla! Ora li ODIO… e mi vendicherò, puoi starne certo!

Sandokan restò silenzioso alcuni istanti, cercando di dominare la rabbia che covava in cuore da tanto tempo. Quei ricordi suscitavano in lui molto DOLORE e grande NOSTALGIA.

Infine si riprese e si rivolse di nuovo al suo amico, con tono sommesso: – Tu sai bene, Yanez, che con i miei nemici so essere tanto spietato, quanto leale e *generoso*.

Yanez, che conosceva bene gli slanci di grande altruismo della Tigre, SORRISE con orgoglio e ammirazione: – Non una, ma MILLE voci possono raccontare al mondo quanto tu sia generoso! Possono dirlo tutte le donne che hai salvato in battaglia e riportato, a tuo rischio e pericolo, nelle loro terre. Possono dirlo le tribù che hai difeso contro le razzie dei prepotenti. Lo possono dire persino i NAUFRAGHI che tu hai salvato dalle onde di tempeste spaventose!

Sandokan rimase sovrappensiero. Poi annunciò, guardando il compagno dritto in viso: – Domani andrò all'isola di Labuan.
– Tu! A Labuan! – Yanez SCOSSE la testa, risoluto. – Rischi di commettere qualche sciocchezza! Dobbiamo stare in guardia e

muoverci con cautela, se non vogliamo diventare prede troppo **facili!**

Sandokan non demorse:

– Tu hai ragione, mio caro Yanez. Ma io domani andrò a Labuan. Una **FORZA** irresistibile mi spinge verso quelle spiagge e una voce dentro di me sussurra che devo vedere la *ragazza* dai capelli d'oro, di cui tanto si parla...

TIGROTTI IN MARE!

Il mattino successivo, Sandokan diede il via ai preparativi per **RAGGIUNGERE** Labuan.

A passi lenti scese per una stretta scaletta che costeggiava la rupe e portava alla spiaggia.

Yanez era già lì e lo stava aspettando.

Andare a Labuan in quel momento, proprio mentre gli inglesi si preparavano a dare la caccia alla Tigre della Malesia e ai suoi PIRATI, non era certo una scelta ***saggia***.

Ma Yanez avrebbe seguito Sandokan ovunque: era il suo capitano e il suo amico più caro.

– Tutte le bande sono schierate sulla spiaggia, Tigre – annunciò Yanez. – Non hai che da scegliere le migliori.

Poi mise una mano sulla spalla del suo amico, che SORRIDEVA compiaciuto, e gli raccomandò: – Sii prudente, Sandokan.

– Lo sarò – rispose la Tigre. – Appena avrò visto la fanciulla di cui tanto si parla, TORNERÒ qui.

Davanti a loro era schierata una nutrita folla di pirati: Sandokan li chiamava i suoi ‘tigrotti’ e sapeva bene che erano tutti pronti a SCATTARE a qualsiasi suo comando.

Quel mattino li passò in rassegna uno per uno e infine decise che la banda di Patan lo avrebbe accompagnato a Labuan.

Nella baia erano ormeggiati i *praho*, agili velieri con lo scafo stretto e GRANDI vele.

Sandokan ne fece preparare tre per la partenza: uno lo avrebbe comandato lui stesso, uno Patan e uno Giro-Batol, un altro dei suoi uomini di fiducia.
Mentre i pirati si stavano imbarcando, un ragazzino arrivò di corsa, annunciando:
– Una giunca carica d'oro è stata avvistata in mare, vicino alle isole Romades!
Sandokan SORRISE: – Qualcosa mi dice che faremo tappa alle Romades, dunque, prima di raggiungere Labuan...

TIGRI CONTRO LEOPARDI

La Tigre salutò il fido Yanez e balzò su uno dei tre *praho* in partenza.
– Salpiamo! – comandò, rivolgendosi all'equipaggio. Poi aggiunse, a gran VOCE:
– State pronti, tigrotti! Abbiamo una giunca da saccheggiare!
Quella notizia animò i pirati, che misero le VEDETTE all'erta e sistemarono le armi e le munizioni.
– Evviva la TIGRE della Malesia! – lo osannarono tutti in coro.
Le tre imbarcazioni presero presto il largo.

Sandokan camminava avanti e indietro da prua a poppa e scrutava il mare.

Poco dopo mezzogiorno, una voce si levò

dall'alto dell'ALBERO maestro:

– Giunca sottoventooo!

Sandokan spronò i suoi uomini:

– Tigrotti, ai posti di combattimento!

In un batter d'occhio i pirati furono pronti all'assalto. I tre *praho* si separarono per circondare la giunca, che nel frattempo aveva issato la sua bandiera.

Sandokan la vide e ruggì: – La bandiera del *rajah* Brooke, lo 'Sterminatore dei pirati'! Dunque questa nave è degli inglesi, i leopardi, nostri ACERRIMI nemici!

Tutti conoscevano l'inglese James Brooke, diventato *rajah* (cioè governatore) dello stato malese di Sarawack e nemico dei PIRATI.

La giunca e i tre *praho* iniziarono uno scontro che si fece presto feroce e accanito.

I pirati della Malesia non sbagliarono un solo COLPO e presto la giunca nemica si ritrovò con le vele lacerate, gli alberi abbattuti e una fiancata SFONDATA.

A quel punto Sandokan e i suoi uomini affiancarono i *praho* all'imbarcazione nemica e iniziarono ad ARRAMPICARSI come scimmie lungo le murate della nave. Agguerriti più che mai, si LANCIARONO sul ponte.

L'equipaggio della giunca rispose con coraggio all'assalto dei tigrotti, ma fu costretto alla resa.

A battaglia conclusa, Sandokan rese omaggio agli avversari, che si erano dimostrati tenaci e VALOROSI.

Si strappò dal collo una collana di diamanti e, porgendola al capitano della giunca,

esclamò: – Siete stati degni avversari delle Tigri di Mompracem! Prendete queste pietre preziose: vi ripagheranno del danno subìto.
Il capitano non riusciva a credere ai propri occhi: – Ma chi siete voi?
– Guardatemi bene in viso – rispose Sandokan, con tono **IMPERIOSO**. – Io sono la **TIGRE** della Malesia!
Poi, prima che il capitano potesse replicare, incitò i suoi pirati: – Tigrotti, a Labuan!

AGGUATO TRA LE ONDE!

Il vento soffiava da nord-ovest e i tre *praho* dei pirati della Malesia scivolavano **VELOCI** tra le onde.
La notizia che Sandokan stava navigando verso Labuan doveva essersi **SPARSA**: nessuna nave, infatti, batteva quelle rotte.
La **TERRIBILE** fama della Tigre suggeriva prudenza e chi poteva rinviava il viaggio.
Alle tre del mattino, un **GRIDO** risuonò da un lato all'altro della tolda: – *Labuan in vistaaa!*
Sull'isola di Labuan l'unica cittadina era Vittoria, attorno alla quale erano stati costruiti

alcuni fortini, come difesa dagli assalti dei PIRATI di Mompracem.

Tutto il resto dell'isola era sommerso da una fittissima vegetazione, quasi impenetrabile, punteggiata qua e là da poche fattorie.

I tre *praho*, dopo avere costeggiato l'isola per alcune miglia, si insinuarono silenziosamente in un piccolo fiumicello e lo risalirono, dirigendosi verso l'interno.
Dopo un po' di tempo, ormeggiarono ai piedi di alcuni grandi ALBERI frondosi. Il loro fitto fogliame nascondeva completamente le imbarcazioni.
Attesero mezzogiorno, poi Sandokan scese dal suo *praho*, portando con sé Patan. I due avanzarono nella fitta vegetazione, finché all'improvviso, si fermarono.

Sandokan si portò un dito alla bocca per INTIMARE silenzio al compagno: in lontananza si udì l'abbaiare di un cane. I due pirati allora, con cautela, ripresero il cammino nella foresta, finché incontrarono un indigeno che seguiva due cani da caccia. Sandokan gli SBARRÒ la via e gli chiese: – Dove vai?

– Sto seguendo la pista di una tigre – rispose l'indigeno, trasalendo.

– Hai mai sentito parlare di una fanciulla chiamata Perla di Labuan? – chiese ancora Sandokan.

– E chi non la conosce?! – l'indigeno allargò le braccia. – Nessuna donna al mondo è bella quanto lei!

Sandokan sussultò: – Dove vive?

– A due chilometri da qui, in una grande villa.

Sandokan regalò all'indigeno una manciata d'oro e, quando questi si fu allontanato, disse a Patan: – Aspetteremo la notte, poi andremo a SPIARE i dintorni.

All'improvviso, però, un COLPO di cannone echeggiò vicino alla costa. Sandokan balzò in piedi: – Dobbiamo tornare indietro: temo che i tigrotti siano stati attaccati!

Quando i due pirati giunsero sulla riva del fiumicello, trovarono tutti i compagni già a bordo dei *praho*.

– Che cosa succede? – chiese Sandokan, preoccupato.

– Siamo in trappola! – esclamò Giro-Batol. – Un incrociatore ci sbarra il passaggio alla foce del fiume!

– Osano sfidarci, dunque! – sussultò la Tigre. – Ma noi non ci tireremo certo indietro. Tigrotti, in mare!

Un istante dopo i tre *praho* scesero lungo il fiumicello e raggiunsero il mare.

Lì un GRANDE incrociatore inglese li stava aspettando. Appena i pirati comparvero tra le onde, sul ponte del vascello i tamburi rullarono per richiamare l'equipaggio ai posti di combattimento.

Sandokan guardò FREDDAMENTE l'avversario e tuonò: – Ai remi, uomini! Non indietreggiate! Dobbiamo vincere!

D'un tratto però un uragano di piombo attraversò il cielo e colpì i tre *praho*.

Urla di rabbia e spavento si levarono fra i pirati. Subito dopo, un secondo

attacco nemico raggiungeva le tre leggere imbarcazioni.
Uno dei *praho* venne colpito e, mentre affondava, i superstiti salirono in tutta fretta sulla seconda imbarcazione.
Giro-Batol e Patan, però, finirono in mare e **SCOMPARVERO** tra le onde, senza che si potesse fare nulla per loro.
L'equipaggio dell'incrociatore esultò e la pesante imbarcazione, credendo di aver vinto, iniziò ad **ALLONTANARSI**.
Ma Sandokan non si era mai arreso in vita sua: risoluto, comandò ai suoi uomini di passare al **CONTRATTACCO**.
La battaglia tornò a **INFURIARE** più feroce che mai. I due *praho* rimasti erano svantaggiati, ma resistettero eroicamente, fino a quando anche il secondo venne affondato.

Sandokan fece salire tutti i compagni sopravvissuti sul suo *praho* e tentò di raggiungere la riva. La barca toccò la spiaggia appena prima di SCONQUASSARSI.

Sandokan raccolse i tigrotti attorno a sé ed esclamò: – Riparate il *praho*: entro mezzanotte RIPARTIREMO!

In sole quattro ore il *praho* ebbe due nuovi ALBERI, fiancate solide e robuste gomene. Sandokan contemplò fiero il lavoro dei suoi uomini: le Tigri di Mompracem non soccombevano MAI!

ALL'ARREMBAGGIO!

Verso le undici di quella sera i pirati erano pronti per **SALPARE**.

Le vedette che erano di guardia annunciarono che l'incrociatore inglese si trovava ancora nella baia, forse convinto di avere definitivamente sconfitto il **nemico**.

– Tutti in silenzio! – intimò Sandokan.

– Tenete gli occhi bene aperti: stiamo per prenderci la nostra **RIVINCITA!**

Una vela fu issata sul *praho* per raccogliere quanto più vento possibile: Sandokan aveva ordinato

di DIPINGERLA di scuro, perché potesse confondersi con le ombre della notte.
Protetto dal buio, il *praho* attraversò la piccola baia e scivolò silenziosamente in MARE.
L'incrociatore era a mezzo miglio di distanza.
Ascoltando attentamente, si potevano sentire i brontolii sordi delle sue CALDAIE.
Il *praho* riuscì a raggiungere l'imbarcazione nemica, passando inosservato. Quando gli inglesi si accorsero finalmente della sua presenza, il cannone iniziò a tuonare.
La battaglia si fece subito aspra: entrambe le parti erano pronte a tutto!

– ALL'ARREMBAGGIOOO! –

tuonò Sandokan. – Gli inglesi sono più numerosi di noi, ma noi siamo le Tigri!
Nonostante gli sforzi, però, il bombardamento

dell'incrociatore nemico ridusse il *praho* a poco più di un rottame: l'acqua entrò presto dagli squarci e inondò la stiva.
Sandokan comprese che per i suoi uomini restavano ben poche speranze di vittoria.
A quel punto l'incrociatore si lanciò a tutto VAPORE addosso al *praho*, per affondarlo con lo sperone.
Ma Sandokan, appena lo vide avvicinarsi a gran VELOCITÀ, girò con indicibile forza il timone, evitando l'urto, e si lanciò contro la fiancata sinistra del nemico.
Il colpo fu violentissimo!
– All'arrembaggio, tigrotti! – tuonò deciso Sandokan.
A quel comando, i tredici PIRATI rimasti lanciarono i grappini da arrembaggio sulla fiancata della nave nemica e si

arrampicarono sul ponte insieme a Sandokan.
Gli inglesi, sbalorditi da tanta AUDACIA, rimasero per qualche istante immobili, a bocca aperta.
Le TIGRI di Mompracem erano poche, ma erano pronte a battersi fino alla fine per il loro capo e dieci di loro valevano per cento!
Sandokan, dimostrando che la leggenda del suo CORAGGIO era più che meritata, guidò con fierezza i suoi uomini a prua.
Là sessanta inglesi erano pronti ad affrontarli, armati fino ai denti.
Con colpi disperati i pirati tennero testa a tutti quei nemici, ma infine furono costretti a cedere le armi e molti di loro CADDERO, vinti dagli avversari durante la battaglia.
Dopo una strenua lotta anche Sandokan,

ormai rimasto solo a combattere sul ponte, venne colpito in pieno petto.
Nonostante la ferita, con un SALTO poderoso la Tigre della Malesia si lanciò oltre la fiancata sinistra dell'incrociatore e si tuffò a capofitto in mare, scomparendo tra le onde.

LA TIGRE È MORTA!

L'equipaggio inglese esultò: tutti erano convinti che Sandokan fosse stato inghiottito per sempre dalle acque.

– La Tigre! Abbiamo sconfitto la Tigre!

– Siamo riusciti dove tutti hanno fallito!

Ma proprio mentre l'incrociatore inglese si allontanava, la testa di Sandokan riemerse tra le onde, non vista.

– La Tigre è viva, signori... e ve ne accorgerete molto presto! – sibilò, ingoiando flutti d'acqua salata.

Sandokan cercò di ignorare il dolore e le

fitte lancinanti che lo assalivano a ogni bracciata: la ferita al petto era profonda, ma la sua volontà e il suo coraggio erano più FORTI della sofferenza.

Nuotando tra le OMBRE della notte, Sandokan riuscì lentamente a spingersi al largo, all'insaputa del nemico.

Dopo avere nuotato a LUNGO senza meta, però, iniziò ad avvertire la fatica e sentì il suo corpo irrigidirsi: respirare diventava sempre più difficile e il dolore si faceva insopportabile.

Sfinito, Sandokan smise di nuotare e si lasciò trasportare dalla corrente, sperando che lo trascinasse fino alla terraferma.

Mentre scivolava in balìa dei flutti, il suo corpo urtò contro qualcosa: era un relitto del suo *praho*, scampato alla disfatta!

Con immenso sforzo, Sandokan si issò sul RELITTO e infine, esausto, perse conoscenza. All'alba, un urto VIOLENTISSIMO lo risvegliò. Socchiuse gli occhi e scrutò davanti a sé: era sulla terraferma!

La corrente lo aveva spinto fino alla costa e il relitto si era arenato a pochi metri dalla spiaggia.

– Che quest'isola sia proprio Labuan, la terra dei miei NEMICI? – mormorò Sandokan, ancora stordito.

Poi raccolse le forze, si alzò e, barcollando, avanzò lungo la spiaggia, per trovare un luogo tranquillo e riparato in cui riprendersi.

Si BENDÒ la ferita con la fascia di seta che portava in vita, sistemò la camicia che gli era rimasta addosso e vi trovò ancora appeso il suo *kriss*, l'affilato pugnale malese con la lama ricurva.

Infine si trascinò sotto una palma dalle foglie **GIGANTESCHE**, stremato dal dolore e dalla febbre che cresceva, e chiuse gli **OCCHI**. Riprese i sensi dopo molte ore, nel **BUIO** profondo della notte.

Scrutò il mare, ormai nero come la pece, e, nonostante si sentisse molto debole, si inoltrò nella foresta. Per un po' avanzò trafelato, poi si arrestò bruscamente e si accasciò a terra, con un ultimo grido di dolore e rabbia.

LORD JAMES GUILLONK

Quando Sandokan tornò in sé, non si trovava più nella foresta, ma in una camera lussuosa, adagiato su un letto.

– Dove sono? – sussurrò, CONFUSO.

Ma era solo in quella grande stanza e dunque nessuno rispose. La camera era vasta, elegante, illuminata da due grandi finestre. Vicino al letto c'erano una poltroncina e un TAVOLINO con sopra un lavoro di ricamo interrotto, un libro e il suo *kriss*. Sulla copertina del libro campeggiava un nome inciso a lettere d'oro: 'Marianna'.

Sandokan si soffermò su quel nome di fanciulla, INCURIOSITO.

Proprio in quel momento, un uomo entrò nella stanza. La Tigre trasalì: l'uomo indossava un'uniforme inglese! Alto e atletico, aveva una barba rossiccia, gli occhi azzurri e il portamento di chi è abituato al COMANDO.

L'inglese esclamò: – Mi fa piacere vedervi tranquillo, dopo tre giorni di FEBBRE delirante.

Sandokan si stupì: – Sono qui da tre giorni? Ma dove mi trovo?

– Siete tra persone che faranno il possibile per guarirvi – rispose l'inglese, con un SORRISO. – Ma permettetemi di presentarmi!

Sono Lord James Guillonk, capitano di vascello di Sua MAESTÀ.

Sandokan si sforzò di non tradire l'ODIO che nutriva contro gli inglesi:

– Vi ringrazio, Milord, di tutto quello che avete fatto per me… per uno sconosciuto...

– Era mio dovere accogliere un uomo ferito – replicò Lord Guillonk. – Come vi sentite ora?

Sandokan si tastò il petto: – Non fa più molto male e mi sento piuttosto in FORZE.

– Benissimo! – commentò il capitano. – Ma ditemi, chi vi ha ATTACCATO?

Sandokan rifletté cautamente alcuni istanti, prima di rispondere: – Non saprei esattamente. Un'orda di uomini è piombata sulla mia nave e... ha assalito i miei marinai!

– Allora non ho dubbi: siete stato attaccato dalle Tigri della Malesia! – sentenziò Lord

Guillonk. – Tre giorni fa scorrazzavano attorno all'isola. Ma voi dove eravate diretto?
Sandokan soppesò la risposta. – Andavo a rendere omaggio al sultano di Varauni, da parte di mio fratello, sultano di Shaja.
– Siete un principe malese, dunque! – esclamò Lord Guillonk tendendogli la mano, che Sandokan strinse quasi con ribrezzo.
Nella stanza accanto, nel frattempo, qualcuno aveva iniziato a suonare una musica dolcissima.
Lord Guillonk uscì dalla camera e rientrò in compagnia di una bellissima fanciulla: aveva occhi grandi, azzurri e profondi, un viso incantevole e lunghi capelli che le ricadevano sulle spalle come una pioggia d'oro.
– Questa è mia nipote, principe – spiegò Lord Guillonk. – Lady Marianna Guillonk.

Sandokan SUSSULTÒ: la fanciulla che aveva davanti doveva essere la *Perla di Labuan!* Sandokan si sentì invadere da un sentimento sconosciuto, forte e dolce insieme.

Nel cuore del pirata più FEROCE di tutti i mari si stava scatenando una tempesta. Per la prima volta, era una tempesta che la TIGRE non sapeva come affrontare.

CHE COSA TI SUCCEDE, TIGRE?!

Lady Marianna era nata a Napoli, da madre **ITALIANA** e da padre inglese. Rimasta orfana a undici anni, era stata accolta e cresciuta dall'unico parente che le era rimasto: lo zio James Guillonk, ricco capitano di marina.

Lord Guillonk aveva preso con sé la *ragazza* e l'aveva condotta nel Borneo.

Qui Marianna soffriva la solitudine, ma l'**inflessibile** zio non sentiva ragioni e la teneva segregata, anche se tra mille agi, in attesa di farle fare un matrimonio vantaggioso.

Nel corso degli anni trascorsi a Labuan, Marianna si era dedicata alla *musica*, alla lettura, al ricamo e alla pittura, coltivando un animo sensibile.
Dopo tanto tempo trascorso in FREDDA solitudine, l'arrivo di quello straniero dallo sguardo **fiero** ma gentile era stato per la ragazza come una ventata di aria di primavera. Le aveva riscaldato il cuore!
Da quando 'il principe' era giunto alla villa, appena poteva, Lady Marianna lo raggiungeva e gli teneva compagnia, leggendo ad alta voce o suonando per lui.

In quei momenti Sandokan diventava sereno come nessuno lo aveva visto mai: sembrava dimenticare Mompracem, le BATTAGLIE, i suoi tigrotti e persino il fidatissimo Yanez. Così i giorni volarono via leggeri e la guarigione procedette rapida.

Dopo due settimane di convalescenza, Lord Guillonk trovò il 'principe' finalmente in piedi, nel soggiorno.

Lieto che il suo ospite si fosse ripreso, il capitano annunciò: – Ho invitato alcuni amici per una battuta di CACCIA alla tigre che si terrà domani. Visto che siete guarito, sarei molto felice se partecipaste anche voi...

– Molto volentieri, Milord – acconsentì Sandokan. – Anche se poi dovrò partire: questioni URGENTI mi aspettano.

– Ma come! – replicò il capitano. – Volete lasciarci?! Rimanete qualche altra settimana! Gli AFFARI possono aspettare...

Il pensiero di trascorrere ancora qualche tempo con Lady Marianna convinse Sandokan ad accettare l'invito.

– D'accordo, Milord – rispose. – Vi sono grato per l'ospitalità che mi offrite. Se mai, in FUTURO, dovessimo incontrarci come nemici, mi ricorderò del favore che vi devo...

Lord Guillonk lo FISSÒ stupefatto:

– Nemici?! Ma che cosa dite, principe!

Sandokan ricambiò FIERAMENTE lo sguardo del capitano: – Un giorno, forse, capirete – aggiunse con un debole SORRISO.

Lord Guillonk rimase a guardarlo con espressione pensierosa, ma non replicò nulla.

Appena il capitano uscì dalla stanza, Sandokan si avvicinò alla portafinestra.
– Che cosa ti succede, Tigre?! – mormorò tra sé e sé. – *Tu*, signore di Mompracem... amare! E una fanciulla inglese!
Dentro di lui si dibattevano la forza di un nuovo amore e il ricordo della vita da PIRATA, di cui era tanto fiero.
Si mise a camminare avanti e indietro per la stanza, confuso. Sembrava davvero una tigre in gabbia!

TIGRE CONTRO TIGRE

Sandokan non dormì per tutta la notte e quando, all'ALBA, Lord Guillonk andò a chiamarlo, era già sveglio e pronto per la caccia.
All'ingresso della villa trovò Lady Marianna che lo aspettava, più bella che mai.
Il pirata AVANZÒ verso di lei: – Milady, catturerò la tigre per voi!
– Non dovete correre rischi! – replicò la giovane, allarmata.
– State tranquilla – SORRISE Sandokan.

Nel parco erano pronti altri cinque inglesi: quattro accompagnatori e un *elegante* ufficiale di marina, il baronetto William Rosenthal.
Qualcosa in quest'ultimo non convinse Sandokan, che lo trovò subito antipatico e lo trattò con **FREDDEZZA**.
L'ufficiale, dal canto suo, scrutò il pirata con attenzione e poi bisbigliò a Lord Guillonk:
– Non so come, ma mi sembra di avere già incontrato il vostro ospite...
Appena vide Marianna, però, il BARONETTO s'interruppe e si rivolse subito a lei, con un cerimonioso inchino: – Mia signora, prometto di portarvi in dono la pelliccia della **TIGRE!**

A quelle parole, il sangue di Sandokan ribollì di gelosia.
I cacciatori montarono a cavallo

preceduti dai battitori, che dovevano stanare la tigre. Sandokan si staccò dal gruppo e si avventurò nel fitto della foresta. Ma dopo un po' incrociò i battitori, che fuggivano terrorizzati.

– Perché scappate?! – chiese sorpreso.

– Abbiamo visto la tigre vicino allo stagno! – risposero quelli. – È *gigantesca*!

Sandokan smontò di sella, LEGÒ il cavallo al tronco di un albero, impugnò il suo *kriss* e si avvicinò silenziosamente allo stagno.

Vide le impronte della tigre ancora fresche sull'erba: l'animale si era appostato su una roccia poco distante.

D'un tratto, uno sparo da lontano e un urlo lo fecero **SOBBALZARE**. Alzò gli occhi e vide... Marianna! La giovane puntava una carabina verso un punto poco distante da lui.

– Milady! Voi... qui... sola?! – esclamò Sandokan. – E su che cosa avete sparato?
– Sulla tigre! Anche se è scappata... – rispose tranquilla la fanciulla. – Volevo impedire che la avvicinaste, rischiando la vita!

Sandokan si sentì invadere dall'emozione.
– Non dovete preoccuparvi per me – sussurrò. Poi aggiunse, AUDACEMENTE: – Per voi correrei qualsiasi rischio...
Marianna arrossì, STUPITA e lusingata.
– Ma chi siete davvero? – gli chiese. – Non sembrate un principe abituato agli agi...
– Chi sono io!?... – ripeté Sandokan. – Per ora, Milady, non posso rispondervi. Ma sappiate che, anche se non sono un principe, il mio regno e il mio potere sono più vasti di quanto possiate immaginare...

Detto ciò, Sandokan montò sul suo cavallo e si lanciò all'inseguimento della tigre.
Trovò gli altri cacciatori schierati di fronte all'ANIMALE. Davanti a tutti c'era l'antipatico baronetto.
– Fermi! La tigre è *mia*! – urlò Sandokan, AVVENTANDOSI sulla belva corpo a corpo, armato solo del suo *kriss*.
La lotta fu SPAVENTOSA, ma Sandokan ne uscì trionfante. E volgendosi verso Marianna, che aveva raggiunto il gruppo e aveva assistito esterrefatta a tutta la scena, dichiarò: – Milady, questa TIGRE è per voi!

TRADIMENTO!

Dopo la giornata di caccia, Lord Guillonk offrì ai suoi ospiti una fastosa cena.

Tutti gli invitati chiacchierarono amabilmente: solo il baronetto Rosenthal rimase silenzioso tutto il tempo, studiando Sandokan senza mai perderlo di **VISTA**.

– Siete a Labuan da molto tempo, principe? – gli chiese infine con tono sospettoso.

– Da venti giorni, ormai – gli rispose Sandokan, con tono asciutto.

Il baronetto replicò, scettico: – Come mai la vostra nave non è stata vista nella capitale?

– I pirati distrussero i due *praho* su cui viaggiavo al largo di Labuan, prima che venissero avvistati – ribatté Sandokan.

– I PIRATI! – trasalì il baronetto. – Siete stato assalito dai pirati?! Dove? Quando?!

Sandokan non rispose: la conversazione stava diventando pericolosa... Per fortuna però Lord Guillonk intervenne a distrarli e la discussione non proseguì oltre.

La CENA si concluse molto tardi. Al momento di andarsene, il baronetto sussurrò parole misteriose all'orecchio di Lord Guillonk, il quale poi guardò Sandokan in modo STRANO.

Il pirata era irritato e nervoso: come mai Rosenthal gli aveva fatto tutte quelle domande?

Il mattino dopo, Sandokan scoprì che Lord Guillonk era partito all'alba per recarsi a Vittoria. Allora si ACCIGLIÒ: forse che questo viaggio avesse a che fare con lui?

Pensò di andarsene subito dalla villa. Ma non poteva lasciare la PERLA di Labuan! Indeciso e confuso, scese in giardino per fare due passi. Lì incontrò Marianna.

– Amico mio, speravo di trovarvi qui – esclamò la fanciulla appena lo vide. – Ieri sera con le vostre parole avete INSOSPETTITO mio zio. Ora, vi prego, siate sincero con me... Ditemi, chi siete?

Sandokan rifletté un istante, poi decise di dire la verità.

– Volete sapere chi sono davvero? – esclamò. – Ebbene ve lo dirò. C'è un uomo che imperversa su questo MARE e fa tremare le coste malesi: il suo nome è Sandokan, la Tigre della Malesia. Ora, guardatemi in viso... *La Tigre sono io!*

Marianna spalancò gli OCCHI, incredula: – Il crudele pirata che perseguita noi inglesi...

Sandokan le strinse le mani: – Gli inglesi furono SPIETATI con me. Non sono pirata per avidità, io vendico il dolore inflitto alla mia famiglia! So che può risultarvi difficile credermi e se vorrete cacciarmi, vi capirò...

– E come potrei?! – ribatté Marianna.

– Principe o pirata, io vi amo ugualmente!

Sandokan sussultò. – Mi amate! Mia regina!

– Ora siete in pericolo, dovete andarvene! – lo supplicò Marianna. – Io... vi aspetterò...

Dette queste parole, si ALLONTANÒ rapida: nessuno doveva vederli insieme!

Lord Guillonk tornò alla villa a NOTTE fonda. All'ingresso, trovò Sandokan che lo stava attendendo.

Il capitano lo guardò con FREDDEZZA.

– So tutto di voi – sibilò.

– Siete un TRADITORE! Come avete potuto approfittare della mia ospitalità?!

A quelle parole, Sandokan si *PRECIPITÒ* in giardino, ma dovette fermarsi: una schiera di soldati lo stava aspettando per catturarlo.

FATE UN PASSO E SIETE SPACCIATO!

Prima di conoscere Marianna, Sandokan avrebbe sfidato l'intera guarnigione senza esitare. Ma ora che **amava** e sapeva di essere ricambiato, non voleva far **SOFFRIRE** la sua regina. Quindi rientrò nella villa e risalì le scale.

Lord Guillonk non si era **mosso**.

– Se avessi scoperto un nemico in casa mia – sibilò Sandokan, – l'avrei affrontato, non gli avrei teso un agguato così vile.

Lord Guillonk sghignazzò: – La Tigre della Malesia ha **PAURA**, dunque?

– *Paura!* – tuonò il pirata. – Mai!
– Uscite fuori da casa mia! – urlò Lord Guillonk.

Offeso e oltraggiato, Sandokan si avvicinò con aria MINACCIOSA al capitano, che lanciò un grido d'allarme ai suoi uomini.

Ma proprio in quell'istante, Marianna comparve sulla soglia: – Che sollievo, siete VIVO! – esclamò vedendo il pirata.

Sandokan **SPINTONÒ** lontano il capitano, prese per mano la fanciulla e corse con lei in camera sua.

– Devo **FUGGIRE**, Marianna! Mi hanno teso un agguato!

– Un agguato?! – trasalì la ragazza.

– Andatevene, presto! Tornerete a prendermi poi... *io vi amo!* Vi aspetterò!

In quel momento si udirono i soldati di Lord Guillonk precipitarsi su per le scale.
Sandokan balzò sul davanzale della finestra, poi si voltò: – Marianna! Mi sposerete, vero?
La fanciulla gli strinse una mano con forza: – Ve lo prometto! Ora, vi prego, andate!

Sandokan le mandò un bacio con le dita, poi si calò silenziosamente in giardino e fuggì.
Dopo aver camminato a lungo nella vegetazione della giungla, raggiunse un profondo torrente. Lì notò due soldati inglesi in perlustrazione, che avanzavano a pochi passi da lui. Stavano parlando.
Sandokan si immerse lentamente in acqua e risalì il corso del torrente per un breve tratto, issandosi poi su un RAMO.

Da quella postazione poteva udire la conversazione dei due, senza essere visto.
– Il baronetto Rosenthal ha messo una taglia sulla Tigre della Malesia...
– Già! Tutte le truppe cercano i PIRATI. Il sergente Willis le sta guidando verso ovest...
Sandokan SORRISE tra sé e sé: dunque il nemico si dirigeva a ovest. E il capo dei soldati era un certo Willis...
Scivolò a terra e si incamminò verso sud. Dopo pochi passi, però, una voce minacciosa lo freddò: – Fate una mossa e siete spacciato!

L'ASTUZIA DI SANDOKAN

Sandokan si voltò lentamente, stringendo l'impugnatura del suo *kriss*. A pochi passi da lui, un soldato con la divisa da sergente inglese lo teneva sotto tiro.

A sorpresa, la Tigre scoppiò in una fragorosa risata.

– Che cosa avete da ridere?! – si accigliò il sergente.

– Rido perché *voi* osate minacciare *me*, la Tigre della Malesia! – replicò Sandokan.

Il sergente IMPALLIDÌ.

– Forza, Willis, attaccatemi pure!

Il sergente sobbalzò: – Come fate a sapere il mio nome?!

– Non esistono segreti per la TIGRE! – esclamò Sandokan, balzando agile verso il nemico.

Preso di sorpresa, Willis si gettò a terra, ai suoi piedi, esclamando: – Pietà!

Sandokan lo fissò negli occhi, con sguardo minaccioso: – Vivrete, solo se risponderete alle domande che vi farò.

– D-d'accordo... – balbettò il sergente.

Sandokan chiese dettagli su quanti fossero quelli che lo SEGUIVANO.

Prima di liberare Willis, lo obbligò a consegnargli la sua divisa: l'avrebbe usata per travestirsi da inglese e fuggire più facilmente.

Cercando di orientarsi con le stelle, Sandokan avanzò attraverso la giungla per tutta la notte.

All'alba incontrò sul suo cammino due soldati che, vedendo la falsa uniforme che indossava, lo scambiarono per un loro SUPERIORE.

– Vi confermo che la Tigre si è diretta a ovest! – esclamò Sandokan, approfittando dell'INGANNO. – Esortate tutte le truppe a procedere in quella direzione!

I soldati obbedirono prontamente.

Appena se ne furono andati, Sandokan, ESAUSTO, si appisolò ai piedi di un banano, nascosto dalle fronde. Fu risvegliato dopo qualche ora dal rumore di qualcuno che si muoveva quatto quatto.

Sandokan spiò tra la vegetazione ed ebbe un tuffo al cuore: quello era... Giro-Batol, il fedele tigrotto che credeva scomparso in mare!

Giro-Batol però non si accorse del

suo capitano: stava scappando da un soldato inglese a cavallo, che avanzava al galoppo dietro di lui.

Sandokan uscì dal suo nascondiglio e, dopo qualche istante, apparve sul margine del bosco, proprio sulla traiettoria del cavaliere.

– Soldato, FERMATEVI! – gli intimò.

Il cavaliere trasalì, interdetto: – Un sergente! Da dove venite, signore?

Sandokan rispose prontamente: – Dalla foresta. E voi chi inseguite?

– Un pirata! La TIGRE stessa, forse! L'avevo quasi in pugno, quando è scomparso...

Sandokan ridacchiò tra sé e sé.

– Vi darò una mano io! – propose con tono sicuro. – Seguite quel sentiero, mentre io mi addentrerò nella vegetazione.

Il cavaliere obbedì agli ordini e si allontanò.

A quel punto Sandokan si inoltrò tra le fronde, fece un fischio e sussurrò: – Giro-Batol!

Giro-Batol spuntò tra le frasche, sbalordito: – Mio capitano! Vi credevo perduto!

I due PIRATI si abbracciarono, entrambi commossi.

Giro-Batol era caduto in MARE durante lo scontro con l'incrociatore, ma era riuscito a mettersi in salvo.

– VENDICHEREMO i nostri compagni! – assicurò Sandokan. – Domani stesso torneremo a Mompracem!

CACCIA AL PIRATA

Sandokan raccontò a Giro-Batol le sue vicissitudini dopo lo **SCONTRO** con l'incrociatore. Gli descrisse anche la Perla di Labuan e d'improvviso si sentì invadere da una STRUGGENTE nostalgia.

Giro-Batol non credeva ai propri occhi: il suo capitano era COMMOSSO?! Non si era mai vista una cosa simile!

– Ritorneremo presto a Labuan – concluse Sandokan, deciso. – Sono costretto a lasciare qui qualcosa di prezioso che è mio e che tornerò presto a riprendere...

Il compagno annuì, anche se non comprendeva del tutto le parole della Tigre.
Quando il tramonto INCENDIÒ il cielo e il mare del Borneo, Sandokan e il suo fedele tigrotto si imbarcarono su una CANOA che Giro-Batol si era costruito vicino al suo nascondiglio.
A bordo c'erano già remi, frutta e acqua dolce.
Sfidare l'oceano con un'imbarcazione così piccola era un'impresa temeraria, ma i due PIRATI erano abituati a ben altre difficoltà!
Giro-Batol issò l'albero, a cui legò una piccola vela che aveva intrecciato con le sue mani.
Il vento era favorevole e la canoa scivolava leggera, sfiorando il dorso delle acque.
I due pirati navigarono così in silenzio tutta la sera e gran parte della notte.

A un certo punto Giro-Batol scorse un lumicino che tremolava all'orizzonte.

Aguzzando lo sguardo nell'oscurità, si accorse che era il lume a prua di una nave a vapore.

– Ancora **NEMICI?** – chiese Sandokan.

– Lo temo, mio capitano.

– Lasciamo che ci accostino – ordinò la Tigre. Era *tranquillo* e sicuro di sé: tanto più che indossava ancora la divisa da sergente inglese! La nave a vapore che avevano avvistato era di dimensioni **COLOSSALI** e l'equipaggio sembrava numeroso.

Quando le due imbarcazioni furono vicine a sufficienza per poter comunicare, il capitano della nave a vapore si affacciò alla murata. Fece un cenno di saluto a Sandokan e poi

gli chiese, a gran voce: – Dove siete diretto, sergente?
– Alle Romades, *signore!* – rispose Sandokan, in buon inglese.
– Fate attenzione! – si raccomandò il capitano. – Al largo abbiamo **AVVISTATO** alcuni *praho* e scommetto che vengono da Mompracem!
Sandokan cercò di rimanere **IMPASSIBILE**:
– Grazie, signore. Staremo all'erta!
Appena la nave a vapore si fu allontanata, Sandokan SORRISE a Giro-Batol: – I nostri *praho*! Ci stiamo avvicinando a casa!
La sera del giorno successivo, i due pirati avvistarono la loro isola in **LONTANANZA**.

– Mompracem! – esultò Giro-Batol.

Sandokan si alzò in piedi, emozionato: eccola, la sua isola, il suo rifugio, il regno in cui presto avrebbe condotto la sua regina!
Slegò la pagaia che serviva da timone e si mise a remare verso la TERRAFERMA.
A sera inoltrata, la Tigre e il suo fedele tigrotto approdarono alla spiaggia di Mompracem.
Prima di avviarsi verso la sua capanna, Sandokan si voltò verso Giro-Batol:
– Avverti tutti che la TIGRE è tornata! Mi farò vivo appena il mio piano sarà pronto...

LA TIGRE CATTURATA

Arrivato in cima alla grande rupe, Sandokan si avvicinò alla capanna e SBIRCIÒ dalla finestra. All'interno Yanez era seduto al tavolo e aveva lo sguardo chino.

Sandokan entrò di SOPPIATTO e lo sorprese alle spalle, esclamando:

– A che cosa pensi, fratello?

Yanez balzò in piedi: – *Sandokan!* Ti credevamo morto! Dove sei stato tutto questo tempo, amico mio? – chiese COMMOSSO.

Sandokan si incupì: – Un incrociatore inglese ci ha sorpresi sulla via di Labuan. Siamo sopravvissuti solo Giro-Batol e io, entrambi FERITI. Poi altri fatti sono successi...
Yanez corrugò la fronte, perplesso: – Il tuo SGUARDO si è addolcito, fratellino... Sembra brillare di una nuova luce.
Sandokan raccontò al compagno l'incontro con la Perla di Labuan e ciò che era avvenuto alla villa di Lord Guillonk.
– Ah, Sandokan! Una fanciulla inglese! – si rammaricò Yanez. – Ma non sai quanti rischi può costarti questo amore?
– Lo so bene, Yanez! – replicò Sandokan.
– Ma se tu sapessi quello che provo! Dal giorno in cui l'ho vista è come se fossi malato! Un autentico vulcano mi è esploso all'improvviso in mezzo al petto...

Yanez SORRISE: – La donna che ha incantato la Tigre dev'essere speciale. Ebbene, noi tigrotti faremo il possibile, perché il nostro re possa essere felice con la sua regina!
Sandokan, commosso, esclamò: – Dunque... si RIPARTE alla volta di Labuan!
Yanez annuì, risoluto: – Penso io a preparare tutto. Salperemo domattina all'ALBA!

VENDETTA!

Il mattino dopo, quando Sandokan raggiunse la spiaggia, tre *praho* erano già pronti a salpare.

Appena i suoi pirati lo videro, un grido **poderoso** si levò su tutta Mompracem:

– EVVIVA LA TIGRE! EVVIVA IL NOSTRO CAPITANO!!!

Sandokan sorrise e incitò i suoi uomini:

– Tigrotti, stiamo per partire per Labuan, terra di leopardi. Vendicheremo i nostri compagni caduti in BATTAGLIA e porteremo con noi la Perla: presto Mompracem avrà la sua regina!

Proprio in quel momento, però, la sagoma di un *praho* si profilò all'ORIZZONTE. Era vistosamente danneggiato e aveva l'albero maestro SPEZZATO.

– Il *praho* di Pisangu! – gridò Yanez, additandolo. – L'avevo mandato a cercarti tre giorni fa...

Sandokan scrutò il *praho* mentre si avvicinava.

– Un momento! – esclamò poi. – Un ufficiale inglese è PRIGIONIERO a bordo!

Qualche minuto dopo, l'imbarcazione ormeggiò e Sandokan scoprì che il prigioniero era stato catturato sulle coste di Labuan.

In cambio della vita, l'ufficiale accettò di dare informazioni a Sandokan su quanto stava avvenendo nell'isola.

Il pirata apprese così che Lord Guillonk aveva deciso di partire al più presto per Vittoria.

Lì avrebbe celebrato le nozze tra sua nipote Marianna e... il baronetto William Rosenthal! A quella notizia, la TIGRE scattò in piedi e urlò: – Yanez! Non c'è tempo da perdere! Partiamo IMMEDIATAMENTE!

– Agli ordini! – annuì Yanez.

Sandokan affidò la difesa di Mompracem al fedele Giro-Batol e salì sul primo *praho*.

Le tre imbarcazioni salparono, anche se all'orizzonte erano comparsi grossi grappoli di nubi GONFIE e scure.

Sandokan conosceva bene il MARE: quelle nubi significavano tempesta. Ma neppure un uragano avrebbe potuto fermarlo!

– Prendiamo il largo, tigrotti! – ringhiò, lanciando alle nubi uno sguardo di SFIDA.

Mentre i *praho* solcavano le onde, Sandokan e Yanez misero a punto un piano. Discussero a lungo sul da farsi, perché Labuan brulicava di NEMICI in quel momento: bisognava agire con coraggio, ma anche con cautela!

Poi Sandokan si mise a guardare l'orizzonte in silenzio. Yanez non lo disturbò: chissà quanti pensieri tormentavano il suo amico!

Le nubi si avvicinavano minacciose e Yanez avrebbe voluto ammainare alcune vele per prudenza. Ma Sandokan non glielo permise: era ansioso di approdare a Labuan il prima possibile.

In breve tempo il mare si gonfiò e il vento si mise a turbinare con straordinaria violenza.

I tre *praho* rollavano **pericolosamente**: chiunque altro si sarebbe riparato nel porto più vicino, ma Sandokan continuò a sfidare la **FURIA** del mare, sprezzante del pericolo.

– Nulla ci fermerà, tigrotti! **NULLA!** – continuava a gridare, incitando i suoi uomini.

I lampi che brillavano nel suo sguardo erano ben più **FORTI** di quelli che, in quel momento, squarciavano il cielo in tempesta.

IN MEZZO ALLA TEMPESTA

Il *praho* di Sandokan, su cui viaggiavano lui, Yanez e una decina di PIRATI, continuò a fronteggiare la potenza dell'uragano, barcollando instabile tra la cresta delle onde e il fondo degli abissi.
Gli altri due *praho*, invece, furono presto inghiottiti dalla furia del mare.
La Tigre non cedeva e puntava tenacemente verso Labuan. I suoi uomini non erano da meno: aggrappati al CORDAME, affrontavano impassibili gli assalti delle onde.

Finalmente dall'alto del pennone di trinchetto si levò un grido: – TERRAAA!!!

Ce l'avevano fatta: erano giunti a Labuan!

Con un VIGOROSO colpo di barra Sandokan spinse il *praho* verso la costa, puntando verso uno stretto passo tra due rupi, oltre il quale si intravedeva una piccola baia.

– Prudenza, fratello... – suggerì Yanez. – Non possiamo toccare terra ora: le GUARDIE sulla costa ci avvisterebbero subito!

– Ebbene, allora approderemo *a nuoto*! – rispose Sandokan, più risoluto che mai. Poi lasciò la barra del TIMONE e ordinò che fosse preparata subito una scialuppa.

Quando un'onda più grossa delle altre si ABBATTÈ contro la fiancata del *praho*, i pirati calarono in acqua la scialuppa, con a bordo Sandokan e Yanez.

Le onde sospinsero la piccola barca verso le dune sabbiose, fino a catapultare i due uomini sulla TERRAFERMA.

Yanez, rialzandosi tutto ammaccato, scosse la testa: – Solo un innamorato poteva lanciarsi in una simile impresa!

– Coraggio, fratello – lo esortò Sandokan, sorridendo. – Dobbiamo raggiungere la villa di Lord Guillonk prima che tutti partano per Vittoria!

A fatica Yanez lo convinse a riposarsi almeno un paio d'ore, per recuperare le forze, prima di incamminarsi.

Quando finalmente giunsero alla meta, Yanez salì su un albero per controllare se ci fossero sentinelle: per fortuna il GIARDINO della villa era sgombro e silenzioso.

I due pirati si intrufolarono nel chiosco in cui Marianna si sedeva sempre e le lasciarono un messaggio. Diceva soltanto:

Tornerò domani a mezzanotte,
mia regina!

Sandokan SORRISE: Marianna avrebbe certamente capito!

MARIANNA!

Sandokan aveva ordinato ai pirati rimasti sul *praho* di raggiungere la costa il giorno SUCCESSIVO.

L'indomani, però, lui e Yanez rimasero a lungo sulla spiaggia ad attendere i compagni, ma del *praho* e degli altri pirati non si vide neanche l'OMBRA.

– Staranno lottando contro il VENTO impetuoso... – commentò Yanez.

Sandokan non disse nulla e rimase a scrutare l'orizzonte a lungo.

Il sole calò ancora una volta: ormai

l'appuntamento con Marianna si AVVICINAVA e loro erano solo in due!
Sandokan non si perse d'animo: – Andremo alla villa lo stesso, Yanez! E se Lord Guillonk tiene Marianna sotto SORVEGLIANZA... beh, tanto peggio per i sorveglianti!

Dopo il tramonto, dunque, i due PIRATI tornarono alla villa, soli. Quatti quatti, si intrufolarono ancora una volta nel giardino e si NASCOSERO in mezzo ad alcune aiuole fiorite, per poter studiare meglio la situazione.
Alcuni soldati di guardia stavano facendo la RONDA per il parco e molti altri erano appostati all'ingresso della villa.
– Aspettiamo la mezzanotte e affrontiamoli! – sibilò Sandokan, deciso. – Non dimenticare, amico mio, che ci temono!

Yanez annuì: per quanto numerosi, tutti i leopardi avevano PAURA della Tigre!
I due pirati attesero la mezzanotte: Yanez calmo e tranquillo come sempre, Sandokan scalpitante e nervoso come non mai.
Quando giunse il momento, Yanez si avvicinò di soppiatto a una sentinella e la **immobilizzò**, mentre Sandokan le intimava di aiutarli a trovare Marianna.
– Se vuoi tornare libero, indicami la finestra di Lady Guillonk! – sibilò.
La guardia lo fissò terrorizzata e rispose, tremando: – L-l-là... s-s-sopra quel pergolato...
Yanez imbavagliò l'uomo, mentre Sandokan sgattaiolava verso il pergolato.
Una volta giunto sotto la finestra della sua amata, raccolse da terra una manciata di SASSOLINI e la lanciò contro i vetri.

Dopo qualche istante, la finestra si aprì e una sagoma scura si affacciò.

– Marianna! – esultò Sandokan, RAGGIANTE.

La fanciulla lanciò un gridolino di sorpresa e si portò le mani al petto, per contenere l'emozione.

Con poche agili mosse, Sandokan si arrampicò su per il pergolato e si AGGRAPPÒ all'inferriata della finestra.

Mentre Yanez faceva la guardia, i due innamorati parlarono fitto fitto stringendosi le mani, commossi e felici.

Quando Marianna descrisse come la tenessero PRIGIONIERA, le lacrime le scivolarono calde lungo le guance. – Non riuscirò mai a venire via, Sandokan!

Proprio in quell'istante Lord Guillonk comparve dietro di lei! Appena vide Sandokan, prese Marianna per le spalle e la TRASCINÒ via.

– Voi, qui… Come osate? – gridò poi al pirata, INFEROCITO.

Con un salto poderoso, Sandokan si calò giù per il pergolato e scomparve tra le fronde.

CHI VA LÀ?

I soldati, chiamati da Lord Guillonk, si riversarono in massa nel GIARDINO, armati fino ai denti.

Yanez trascinò Sandokan in una fuga a perdifiato, per impedirgli di battersi. Conosceva bene il valore della TIGRE, ma sapeva anche che, seppur valorosi, due uomini contro cento potevano ben poco!

Mentre correvano, Sandokan confessò:
– Ah, se avessi **RESISTITO** alla tentazione di vederla... Ora che sanno che io sono qui, non si lasceranno più

sorprendere e Guillonk farebbe di tutto, pur di non lasciare Marianna a me...

– Troveremo una soluzione, fratello – lo rincuorò Yanez. – Come sempre!

Intanto la FUGA diventava sempre più difficile: la vegetazione all'interno del parco s'infittiva via via che i due pirati vi si inoltravano.

– È la direzione SBAGLIATA! – esclamò Sandokan. – Così non usciremo mai di qui!

Arrivati a fianco della palizzata che circondava il parco, Yanez trattenne Sandokan per un braccio e lo constrinse a fermarsi.

– Hai sentito, fratello? Un ramo spezzato! – bisbigliò. – Temo che i soldati ci stiano tendendo un agguato fuori dal parco… si sono fatti furbi!

Yanez aveva ragione: a poco a poco le voci dei soldati si fecero sempre più vicine e distinte.

– Un momento! – rifletté Yanez. – Ormai i soldati hanno passato al setaccio l'intero giardino e ci stanno CERCANDO fuori. Allora ci conviene cercare un nascondiglio nei pressi della villa…

Sandokan annuì e fece cenno all'amico di SEGUIRLO, mentre tornava indietro e si avviava verso la serra. Sul fondo del padiglione, tra i vasi e gli attrezzi da giardino, c'era una stufa gigantesca, capace di contenere una mezza dozzina di persone: era un ottimo NASCONDIGLIO!

Yanez aprì lo sportello di ferro della stufa, accese un fiammifero e si introdusse all'interno, tossendo e coprendosi la bocca per non RESPIRARE troppa fuliggine.

Sandokan lo seguì. Il vano era così alto che i due PIRATI ci stavano comodamente.

In capo a un quarto d'ora, Sandokan e Yanez udirono alcune voci CONCITATE avvicinarsi alla serra. Dallo sportello della stufa, intravidero un gruppo di soldati accendere le LAMPADE ed entrare.

Uno dei soldati ipotizzò: – E se fossero nascosti nella STUFA?

I suoi compagni risero di gusto: – Ha ha ha! Come no! Con tutta quella cenere!

AH AH AH!

Ma il soldato non era convinto e azzardò qualche passo in direzione della stufa.

Appena aprì lo sportello, Yanez gli lanciò sul viso una manciata di FULIGGINE. Quello si mise a tossire e richiuse subito lo sportello, mentre gli altri lo canzonavano. Quando i loro passi si allontanarono, Sandokan sospirò: – Ce la siamo cavata!

– Sì – annuì Yanez, sollevato. – Ora usciamo di qui, o a furia di respirare cenere soffocheremo tutti e due...

Fecero una RAPIDA ricognizione dei paraggi e si spinsero fino a vedere le luci della stanza di Marianna. Una sentinella VIGILAVA appoggiata alla porta della villa. Udendo i loro passi nel buio, intimò: – Chi va là?

PRIGIONIERI DELLA GIUNGLA

Sandokan e Yanez rimasero immobili. Attesero qualche istante e poi INDIETREGGIARONO con cautela, finché la sentinella si convinse che non c'era nessuno.

Erano inquieti: la SORVEGLIANZA si era fatta davvero strettissima! Per questo decisero di ritirarsi di nuovo nella stufa della serra e di aspettare.

Dopo diverse ore, un soldato si spinse nella serra: era un giovane mingherlino, con i capelli rossi e ancora senza barba.

Fischiettava con noncuranza, dando di tanto in tanto qualche occhiata qua e là.
Sandokan, agendo d'IMPULSO, si tuffò fuori, lo immobilizzò e lo trascinò di forza dentro alla STUFA.
Ma, prima di essere imbavagliato, il ragazzo era riuscito e emettere un flebile GRIDO, che attirò l'attenzione degli altri soldati.
Mentre il loro PRIGIONIERO giaceva nel vano della stufa, semisvenuto per la PAURA, Sandokan e Yanez architettarono un piano.
Ormai sicuri di essere scoperti, cominciarono a prendere a spallate le pareti di mattoni del loro rifugio, per cercare di distrarre i nemici e coglierli di SORPRESA.
Mentre i soldati si domandavano che cosa stesse accadendo là dentro, le pareti della stufa CEDETTERO con uno schianto.

Sandokan e Yanez BALZARONO fuori, avvolti in un nuvolone di polvere e cenere. I due pirati si tuffarono subito in mezzo ai soldati, che li guardavano SBIGOTTITI.

– *La Tigre!!!*

– Ma... nella stufa?!?

Sandokan e Yanez approfittarono del loro disorientamento per FUGGIRE all'istante a gambe levate.

Quando i soldati si riscossero, i due stavano già avanzando a lunghi balzi verso la STACCIONATA!

Gli inglesi si dispersero per il parco disordinatamente, sopraffatti dalla confusione.

– Via di corsa! – esclamò Sandokan. – Non devono raggiungerci!

I due pirati si inoltrarono subito nella foresta, correndo a perdifiato con grande agilità.

Avanzarono falciando le fronde con l'aiuto dei *kriss*, aggrappandosi ai rami e alle liane. Ma quella vegetazione sembrava avere mille braccia e ben presto Sandokan e Yanez si ritrovarono prigionieri della giungla.
I due PIRATI decisero allora di arrampicarsi come scimmie: sicuramente gli inglesi non sarebbero riusciti a seguirli sulle cime degli ALBERI!
Appena raggiunsero un albero molto alto e frondoso, lo scalarono fino a sistemarsi su uno dei rami più **ROBUSTI**: lì si sentivano davvero al sicuro.
– Riposiamo qualche ora – propose Sandokan.
– A questa altezza e con la giungla sotto di noi, è come se fossimo su una torre fortificata.
– Già! – convenne Yanez. – E finalmente non dobbiamo **GUARDARCI** alle spalle...

Lì sospesi, si misero comodi e si persero ciascuno nei propri pensieri.
Sandokan si lasciò sfuggire un **sospiro**: bisognava trovare Marianna in fretta, prima che Lord Guillonk la ***TRASCINASSE*** a Vittoria per darla in sposa a Rosenthal!

CAPITANO! CAPITANO!!!

Mentre meditava sul da farsi, Yanez ebbe un'idea: – Invece di attaccare la villa di soppiatto, aspettiamo che Lord Guillonk esca: lo **ASSALIREMO** lungo la via!

– La Tigre che è in me vorrebbe mettere a ferro e **FUOCO** Labuan, chiamando in nostro aiuto tutti i pirati della Malesia! – replicò Sandokan, con ardore. – Ma hai ragione, Yanez... come sempre, la tua soluzione è più *saggia* della mia.

Così i due scesero dall'ALBERO e ripresero

il cammino, imboccando un sentiero semisommerso dalle piante. Con fatica si fecero strada tra gli arbusti RAMPICANTI: ormai non riuscivano neppure a vedere il cielo sopra di loro, tanto la giungla era fitta e INTRICATA!

Dopo un paio d'ore, si imbatterono in un torrentello dalle acque scure e MELMOSE.

Sandokan esultò: se lo avessero percorso fino alla foce, sarebbero giunti al mare!

Reggendosi in piedi a stento sul fondo fangoso del TORRENTE, avanzarono aggrappandosi ai rami che si protendevano sospesi sull'acqua.

Improvvisamente, un verso di ANIMALE riecheggiò nella giungla.

Sandokan e Yanez si fermarono di colpo e scrutarono GUARDINGHI gli arbusti circostanti, tendendo le orecchie.

A qualche metro di distanza, un gigantesco orangotango li fissava minaccioso. E... non era solo! Sull'altra sponda del fiume, infatti, una FEROCE pantera li stava fissando...

I due PIRATI lentamente impugnarono i *kriss* e si apprestarono allo scontro. Stavano per balzare in avanti, quando, all'improvviso, un colpo di carabina squarciò il silenzio. Gli animali, atterriti, SCAPPARONO via.

Sandokan e Yanez si guardarono con aria interrogativa: forse i soldati erano riusciti a trovarli? Subito dopo, però, un GRIDO dissipò i loro dubbi.

– Capitano! Capitano!

– *Pranoa!* – rispose Sandokan di rimando.

– In persona, capitano! – sorrise il tigrotto.

Sandokan lo abbracciò: finalmente un viso amico, in mezzo a quella giungla inospitale!
– Sono due giorni che vi cerco – aggiunse poi Pranoa. – Da quando siete sbarcati a Labuan non abbiamo più ricevuto notizie!
– I tre *praho* sono riusciti a raggiungere la costa nonostante la tempesta, dunque? – intervenne Yanez.
Pranoa scosse la testa, desolato: – Solo il mio, signore. Gli altri potrebbero essere più a NORD, o ancora in balia delle onde...
Sandokan e Yanez si scambiarono un'occhiata preoccupata.
– Hai visto qualcuno di sospetto nei dintorni, Pranoa? – indagò Sandokan.
– Solo una manciata di inglesi ai margini della foresta, più a est...
Grazie alle indicazioni di Pranoa, i tre pirati

ATTRAVERSARONO la foresta e a notte fonda raggiunsero il *praho* ancorato nella baia. A bordo c'erano già viveri e carabine. Con l'aiuto degli uomini dell'equipaggio coprirono l'imbarcazione con CANNE, rami e fronde, perché sembrasse un comune ammasso di VEGETAZIONE e non destasse sospetti nelle navi di passaggio. Infine, esausti, crollarono addormentati. Quando Sandokan si svegliò, il mattino dopo, Yanez aveva già chiamato a raccolta venti uomini, pronti a battersi a fianco della Tigre.
– Ho un piano, fratello – sentenziò, con un misterioso sorriso.

UN CAVALIERE SCONOSCIUTO

L'idea di Yanez era semplice: i venti PIRATI si sarebbero distribuiti lungo il percorso tra la villa e la baia. Così avrebbero potuto trasmettersi gli ordini tramite il passaparola ed essere sempre pronti ad **AGIRE**. Era un'ottima soluzione, visto che nessuno sapeva esattamente quale fosse la situazione alla villa di Lord Guillonk. Sandokan e Yanez sarebbero andati in **PERLUSTRAZIONE** per capire che cosa stesse succedendo: in questo modo avrebbero potuto decidere la strategia migliore.

– È un piano perfetto, Yanez – si congratulò la Tigre. – In marcia, allora!

I due pirati raggiunsero la villa di Lord Guillonk VELOCEMENTE. Arrivati nei pressi del giardino, costruirono un CAPANNO di foglie e arbusti: da lì potevano controllare l'abitazione e la strada, senza essere notati. In caso di bisogno, grazie al passaparola, i rinforzi sarebbero giunti subito!

Mentre erano di guardia, Pranoa li raggiunse, annunciando TRAFELATO: – Un cavaliere è in arrivo da Vittoria!

– Dobbiamo fermarlo e interrogarlo! – sussurrò Sandokan. – Potrebbe darci delle informazioni interessanti…

Yanez e Pranoa tesero una FUNE al centro della strada e attesero l'arrivo del cavaliere.

L'uomo aveva lanciato il cavallo al galoppo e procedeva così veloce, che non si accorse della fune: il cavallo vi inciampò, catapultando il cavaliere poco lontano.
In un baleno, Sandokan gli fu addosso e lo **immobilizzò**, esclamando: – Non opporre resistenza, se hai cara la vita!

Il prigioniero venne perquisito e i pirati trovarono una lettera indirizzata a Lord Guillonk. Era *firmata*... 'Baronetto William Rosenthal'!
Sandokan la aprì con foga e Yanez la lesse.
Il baronetto assicurava l'invio di rinforzi,

nel caso i pirati avessero attaccato la villa, e inviava un AFFETTUOSO saluto a Marianna. Sentendo quelle parole, Sandokan si infuriò, mentre a Yanez venne un'IDEA.

Fece spogliare il cavaliere e ne indossò l'uniforme. Poi annunciò, soddisfatto: – Andrò io a conoscere Lord Guillonk! Gli consiglierò di PARTIRE al più presto per Vittoria, così noi potremo tendergli un agguato!

Sandokan ebbe un tuffo al CUORE: il suo amico era davvero impareggiabile!

LA MISSIONE DI YANEZ

La missione di Yanez era rischiosa, ma non più di tante altre che l'**IMPAVIDO** tigrotto aveva affrontato. Il pirata si sistemò fieramente in sella, arricciò i baffi, si accomodò il cappello **RUBATO** al cavaliere e si diresse di gran lena alla villa. Giunto al cancello, **SORRISE** alle guardie e si presentò: – Buongiorno, signori! Vengo

da parte del baronetto William Rosenthal. Ho un messaggio **URGENTE** per Lord Guillonk! Immediatamente venne condotto nello

studio di Lord Guillonk, che, appena lo vide, lo INTERROGÒ: – Venite da Vittoria?
– Sì, Milord – rispose Yanez, con voce ferma.
– Il baronetto Rosenthal mi manda a dirvi che la TIGRE della Malesia è circondata dalle truppe, in una baia a sud di Labuan!
Guillonk balzò in piedi, RAGGIANTE.
Yanez sorrise compiaciuto tra sé e sé e aggiunse: – Il baronetto mi ha anche pregato di invitarvi a lasciare subito la villa, per recarvi a Vittoria il prima possibile. Là sarete al sicuro e lo sarà anche vostra nipote!
– Sì, in effetti è una buona idea... – osservò pensoso Lord Guillonk.
Fu allora che Yanez osò: – Mi permettereste di visitare Lady Marianna? Ho l'incarico di portarle i saluti del baronetto... Le riferirò ciò che devo, poi tornerò qui.

– Certamente! – acconsentì Lord Guillonk, ignaro dell'INGANNO.

Yanez fu accompagnato in un salotto azzurro, pieno di piante e fiori.

Rimasto solo, avanzò nella stanza fino a individuare la SAGOMA di una ragazza seduta in poltrona. Gli dava le spalle, ma appena si voltò a guardarlo, Yanez comprese quanto potesse essere forte l'amore di Sandokan per lei. Era tanto bella da togliere il fiato!

– Chi siete? – gli chiese la fanciulla, con tono BATTAGLIERO.

– Vengo da lontano, Milady... – azzardò Yanez.

– Se venite da parte del baronetto Rosenthal, andatevene! – lo zittì la fanciulla con aria decisa.

Yanez sorrise, colpito da tanta fierezza: – No, mia signora! Vengo dalle terre che presto saranno vostre, vengo da Mompracem... Permettetemi di presentarmi: sono Yanez!
Marianna balzò in piedi e corse a stringergli la mano, con trasporto: – Yanez! L'amico fraterno di Sandokan!
Poi abbassò la voce, cauta: – Ma dov'è lui? È qui? È FERITO?!
– Sta bene – la rassicurò Yanez. – Non è lontano e verrà presto da voi…
Yanez le spiegò il piano che avevano architettato e poi la lasciò.
Sulla porta lo aspettava Lord Guillonk, in apprensione: – Qualsiasi cosa vi abbia detto mia nipote a proposito del baronetto, signore, non preoccupatevi: lo sposerà! La obbligherò, se necessario!

Yanez trattenne un moto di RABBIA e insistette per convincere il capitano ad ANTICIPARE la partenza, magari alla notte stessa.
Lord Guillonk si lasciò persuadere facilmente.
A quel punto Yanez chiese di poter fare una passeggiata in GIARDINO e ne approfittò per uscire. Vicino alla staccionata del parco, nascosto in un punto convenuto, trovò Pranoa, che era di VEDETTA, e lo mandò subito a chiamare Sandokan.
La Tigre non si fece attendere a lungo.
– Appena possibile ti comunicherò l'ora esatta della partenza! – lo avvertì Yanez.
– PERFETTO! – commentò Sandokan.
– Manderò un pirata al chiosco, che attenderà le tue istruzioni.
Si salutarono con una VIGOROSA stretta di mano e Yanez tornò alla villa per la cena.

A tarda sera, Lord Guillonk fece chiamare un sergente: – Di' ai soldati di tenersi pronti: a mezzanotte lasceremo la villa!

Yanez fece tesoro di quelle informazioni. Inventò subito un pretesto per ALLONTANARSI e raggiungere il chiosco. Lì incontrò un PIRATA che era di guardia, acquattato in un cespuglio.

– Partiremo a mezzanotte! – lo informò.

– Aspettateci lungo il sentiero per Vittoria.

– Riferisco subito! – obbedì solerte il pirata.

Yanez lo guardò CORRERE via lontano e poi fece ritorno alla villa.

TROPPO TARDI, SIGNORE!

Qualche istante prima della partenza, la villa era in FERMENTO.
Marianna, pallida e tesa, aspettava accanto al suo cavallo bianco. Yanez le si avvicinò, sussurrando: – Coraggio, Milady... il futuro risplenderà LUMINOSO per la Perla di Labuan!
Lady Marianna ricambiò con un SORRISO radioso, cercando di trattenere la trepidazione.
A un comando di Lord Guillonk, il drappello si mise in **MARCIA**, imboccando il sentiero che conduceva dritto dritto... all'imboscata!
Dopo circa due chilometri di marcia,

all'improvviso, a destra del sentiero si udì un leggero fischio.

FIIII FIIIIIIIIIIIIIIIIIII

Yanez, che aspettava proprio quel segnale, sfoderò la sciabola e si mise BRUSCAMENTE fra Lord Guillonk e Lady Marianna.

– Che cosa fate?! – chiese Guillonk, interdetto.

Yanez lo raggelò: – Non avete udito quel fischio? I miei amici vi circondano!

– Ah! *Traditore!* – s'infuriò il capitano.

– Troppo tardi, signore! – lo rimbeccò Yanez.

In quello stesso istante, infatti, venti tigrotti uscirono dalla foresta, lanciandosi all'attacco.

Sandokan guidava i pirati ed era in prima linea. Immediatamente si AVVENTÒ in mezzo ai cavalli, disarcionando i soldati inglesi come una vera furia.

Yanez tolse di sella Marianna e la portò senza indugio al sicuro dietro un grosso tronco. Guillonk sfoderò la sua SCIABOLA, ma Sandokan gli si piantò davanti con il FUOCO negli occhi, costringendolo a una fuga vergognosa.
Uno alla volta, anche tutti gli altri inglesi se la diedero a gambe, atterriti dalla potenza e dalla determinazione della Tigre.
Sandokan esultò: – VITTORIA!!!

FUOCO TRA LE ONDE!

La notte era magnifica: la luna risplendeva in mezzo al cielo e si rifletteva sul mare calmo della Malesia. Il *praho* con a bordo Sandokan, Yanez e Marianna sfiorava **RAPIDO** la superficie dell'acqua, lasciando dietro di sé una scia leggera.

Marianna piangeva di gioia, mentre Sandokan le mormorava: – Amore mio, ti renderò così felice! Per te dimenticherò il mio passato. Frenerò la mia natura selvaggia, rinuncerò alla mia potenza, abbandonerò questo mare, se me lo chiederai!

Marianna, commossa, si strinse teneramente al suo petto. Quando le tenebre della NOTTE s'infittirono, Sandokan la accompagnò in cabina: lì la fanciulla, sfinita da tanti avvenimenti, si addormentò.

Poco dopo Yanez, che nel frattempo aveva indossato nuovamente i panni da pirata, raggiunse Sandokan sul ponte, con la fronte corrugata.

– Fratello! Il nemico ci perseguita! Un veliero segue la nostra scia...

– Guai a chi tenterà di SBARRARCI il passo! – replicò la Tigre, con decisione.

Ma il veliero che li inseguiva si avvicinò RAPIDAMENTE al *praho* e presto lo affiancò.

Sandokan incitò con forza il suo equipaggio:
– Mostriamo la nostra FORZA, tigrotti!
I pirati imbracciarono le armi e si prepararono nuovamente alla BATTAGLIA.
Quando fu abbastanza vicino, il veliero attaccò, ma Sandokan diede ordine ai suoi di non rispondere prima del suo segnale. I pirati obbedirono: quella era soprattutto la *sua* battaglia. Aveva un conto in sospeso con quei nemici e non intendeva rinunciare alla rivincita, per nessun motivo!
Le due imbarcazioni procedevano fianco a fianco e le OMBRE scure della notte cedevano il passo alle prime luci dell'alba.
Qualche proiettile inglese iniziò a sibilare tra le vele del *praho*, recidendo cordami e smussando le punte dei pennoni. Ma Sandokan non diede il comando di aprire il

FUOCO e anzi si mise sul ponte in bella vista, come a sfidare personalmente il NEMICO. Solo quando il sole emerse dalle acque all'ORIZZONTE, la Tigre gonfiò il petto e ordinò: – Issate la mia bandiera!

I pirati obbedirono: mentre il vessillo rosso con la testa di TIGRE sventolava, il *praho* si posizionò di traverso rispetto alla nave nemica, come a sbarrarle il passo.

A quel punto, il GRIDO di Sandokan echeggiò:

– *Ora! All'attacco!!!*

Dal *praho* i pirati COLPIRONO una delle due grandi ruote che muovevano il veliero e la distrussero.

La nave inglese, molto DANNEGGIATA, si piegò su un fianco e prese a girare su se stessa, affondando.
Con un solo colpo, il NEMICO era battuto!
– Viva la Tigre! – esultarono i pirati.
Sandokan corse in cabina e prese Marianna tra le braccia. Poi risalì *AGILE* sul ponte e, mostrando la giovane, urlò: – Lei è mia moglie, la regina di Mompracem! Voi non l'avrete mai più!

LA DEVASTAZIONE DI MOMPRACEM

Le vele del *praho* si dispiegarono a raccogliere tutto il vento possibile e sospinsero l'imbarcazione verso Mompracem.
Sandokan e Yanez, soli sul ponte, erano pensierosi. Entrambi sapevano che presto sarebbero stati di nuovo attaccati da forze ben maggiori. Sapevano anche che questa battaglia poteva essere l'ultima per i tigrotti, visto che il cuore di Sandokan era ormai incendiato da una nuova passione. Presto la vita della Tigre della Malesia sarebbe

cambiata, anche se nessuno, neppure la Tigre stessa, poteva immaginare come.
Appena Mompracem comparve alla VISTA, Yanez scrutò il profilo dell'isola con un cannocchiale e scorse un filo di fumo che si levava dalla costa.
Il PIRATA avvertì immediatamente Sandokan.
– Nessuno osa attaccarci sulla nostra isola – lo rassicurò la TIGRE.

– Lo so – convenne Yanez, serio.
– Ma quel fumo è segno di battaglia.
Mentre la SAGOMA di Mompracem si faceva sempre più nitida all'orizzonte, il sospetto di Yanez divenne una certezza.
Sulla grande rupe dell'isola, l'unica cosa rimasta intatta era la CAPANNA della Tigre, dove la bandiera sventolava ancora.

Il villaggio sottostante era stato raso al suolo e i *praho* ormeggiati lungo la costa erano pochissimi.
– **AH!** – gemette Sandokan. – Codardi! Hanno assalito il mio covo quando io non c'ero!
Gli inglesi non avevano osato sbarcare sull'isola, ma l'avevano **BOMBARDATA** dal mare con ferocia. Come Sandokan apprese dai compagni **SCAMPATI** all'attacco, solo il coraggio di Giro-Batol aveva evitato che Mompracem cadesse del tutto sotto il comando nemico.

Quando Sandokan sbarcò, i **PIRATI** rimasti gli si precipitarono incontro.
– Andiamo a Labuan, Tigre della Malesia! Vogliamo **vendetta!**

– Capitano! – esclamò Giro-Batol, facendosi strada tra gli altri. – Abbiamo fatto il possibile per proteggere l'isola. Ma l'attacco degli inglesi è stato VILE e non abbiamo avuto modo di rispondere ai COLPI.

Sandokan non disse nulla. Prese invece per mano Marianna e la presentò ai suoi uomini.

– Ecco mia moglie, tigrotti! La vostra regina!

I pirati sorpresi emisero grida di ammirazione.

– Viva la PERLA di Labuan!

– Viva la nostra regina!

– La mia terra è stata VIGLIACCAMENTE attaccata – proseguì Sandokan. – Ma presto avremo l'occasione di vendicare il male subìto! Gli inglesi hanno ancora più motivi per assalirmi, ora che Marianna è qui...

– Proteggeremo la nostra regina, Tigre! – lo rassicurò Giro-Batol con decisione.

– Nessuno, finché noi saremo qui, potrà toccare la Perla di Labuan!
Sandokan era profondamente commosso.
Mentre Yanez organizzava le truppe, condusse Marianna nella sua capanna.
La fanciulla era abbagliata: – I tuoi uomini ti sono fedeli e i tuoi tesori sono immensi. Non voglio che rinunci a tutto questo per me!

Sandokan la abbracciò: – Ti amo molto più di tutto questo. Non farò vivere la mia regina in un posto così SELVAGGIO. Combatterò l'ultima battaglia e poi ce ne andremo da qui!

CENTOCINQUANTA CONTRO MILLECINQUECENTO

I pirati lavorarono febbrilmente per prepararsi al nuovo ATTACCO: rinforzarono i bastioni, scavarono fossati e rialzarono le STACCIONATE.

A sera la rocca sembrava inespugnabile. I **centocinquanta** tigrotti rimasti avevano lavorato come cinquecento! Quando scese la NOTTE, Sandokan fece imbarcare le sue ricchezze su un grande *praho* e lo nascose con altre due imbarcazioni. Voleva essere pronto per la *fuga*, se fosse stato necessario.

La mattina seguente, Yanez, Sandokan e i pirati più VALOROSI si riunirono. Sandokan indossava un abito di raso rosso, con un turbante verde impreziosito da un rubino. Alla cintura teneva il *kriss* e la sua sciabola. Accanto a lui c'era Marianna, con un prezioso diadema di diamanti sul capo. Appena la videro, i pirati non poterono trattenere un mormorio di ammirazione.

– AMICI MIEI! – esordì Sandokan. – Vi ho chiamati per decidere le sorti di Mompracem. Ho LOTTATO per anni contro gli inglesi, ma ora il destino vuole che io mi fermi. Combatterò l'ultima battaglia, poi dirò addio alla mia isola e andrò lontano con la donna che amo! Se vorrete continuare le mie imprese, vi lascerò tutto. Se invece vorrete SEGUIRMI, partiremo e sarete come figli per me!

– Sandokan! – intervenne Marianna, a sorpresa. – Se io spezzassi per sempre il vincolo che mi lega agli inglesi, potremmo restare a Mompracem?

Sandokan annuì, con gli occhi che brillavano.

– Allora – proseguì Marianna, – per il bene che questi uomini ti vogliono e per il mio amore, ti prego: *restiamo!*

A quelle parole, la Tigre esultò: – Mompracem sia dunque la nostra patria per sempre!

Un urlo dei tigrotti gli fece ECO: – Evviva la regina di Mompracem!!!

Verso mezzogiorno, alcuni pirati, che erano usciti in mare aperto per un giro d'ispezione, tornarono. Riferirono che diverse navi, non solo inglesi, ma anche olandesi e spagnole, si stavano radunando nei pressi di Mompracem, in assetto da combattimento. Evidentemente gli inglesi non avevano il

coraggio di affrontare i pirati da soli e avevano chiamato i **RINFORZI**.

La giornata si consumò in una logorante attesa. Finché, all'**ALBA** del giorno dopo, l'isola fu scossa da un grido d'allarme...

– Il nemico! Il **NEMICOOO!!!**

Una quantità di navi mai vista si era dispiegata davanti alle coste di Mompracem. I nemici non erano cento e nemmeno duecento: dovevano essere almeno... **MILLECINQUECENTO!**

Una profonda ruga solcò la fronte di Sandokan, mentre il viso di Yanez si oscurava.

Marianna fu **CONDOTTA** al riparo da alcuni tigrotti, vicino ai *praho* già pronti per la fuga.

I pirati si schierarono lungo la costa: sapevano di non avere molte possibilità di **VITTORIA**, ma avrebbero combattuto tutti, con grande coraggio e lealtà, fino alla fine!

– TIGRI DI MOMPRACEM! – li spronò Sandokan. – Difendiamo la nostra isola e la Perla di Labuan! VENDICHIAMO i nostri compagni caduti in battaglia!
Un grido di esultanza si levò tra i pirati.
Qualche istante dopo, la flotta nemica attaccò l'isola con una pioggia di CANNONATE.
Le tigri risposero colpo su colpo, ma, nonostante combattessero con valore, non riuscirono a impedire lo sbarco dei nemici.

La battaglia fu violenta. I pirati resistettero STRENUAMENTE, ma gli invasori sembravano moltiplicarsi ora dopo ora. Le forze erano impari.
– Sandokan! – gridò Yanez al suo capitano, quando la giornata stava volgendo la termine.

– La posizione è **PERDUTA**: comanda la ritirata, o sarà troppo tardi per i pochi sopravvissuti!

Sandokan lanciò uno **SGUARDO** disperato sulle **ROVINE** della sua patria e chiuse gli occhi, stringendosi una mano al petto.

Purtroppo, la **STELLA** di Mompracem si era spenta per sempre.

RITIRATA!!!

La Tigre della Malesia, per la prima volta, ordinò la **RITIRATA**.
Stava calando la notte e i pirati sopravvissuti si radunarono sulle rive di un TORRENTE disseccato, dove trovarono Marianna in attesa.
Tutti raggiunsero i tre *praho* preparati per la **FUGA** e si imbarcarono. In lontananza risuonavano le grida di esultanza dei vincitori, mentre i bagliori degli incendi si riverberavano tra cielo e mare.

Sandokan prese il comando del suo *praho* e le tre imbarcazioni salparono verso ovest, sfruttando il vento a favore.
Staccarsi dalla costa fu per Sandokan e per i suoi uomini come strapparsi un pezzo di cuore.
Avevano già percorso sei miglia, quando il pirata di vedetta sobbalzò: in mezzo alle tenebre si intravedevano due puntini luminosi, che avanzavano verso di loro.
– Incrociatori! – esclamò Yanez.
I PIRATI si prepararono a combattere e Marianna si rifugiò in cabina.
L'artiglieria rimbombò con fragore sul mare e la battaglia tornò a divampare.
Il *praho* di Sandokan venne speronato da una delle due navi inglesi.
– All'arrembaggio! – urlò la Tigre, sfoderando la scimitarra.

Poi balzò sul ponte dell'incrociatore e vi trovò, pronto ad accoglierlo... il baronetto Rosenthal! I due si sfidarono a DUELLO: Sandokan stava avendo la meglio sul suo avversario, ma un inatteso COLPO alle spalle lo mise fuori combattimento.

Nel frattempo gli inglesi avevano approfittato della confusione per rapire Marianna e condurla a bordo dell'incrociatore.

LA TIGRE IN CATENE!

Quando tornò in sé, ancora stordito dal **colpo**, Sandokan si trovò incatenato in una stiva.
All'inizio pensò di essere in un **INCUBO**, ma il forte dolore che provava lo richiamò presto alla realtà.
Iniziò allora a **strattonare** le catene che gli stringevano i polsi e le caviglie, gridando, fino a che udì poco lontana una voce: – Capitano, siete ancora vivo?!
Sandokan si riscosse e riconobbe uno dei suoi **PIRATI**: – *Juioko!* Tigrotto, sei tu?

Il pirata si mosse e Sandokan riuscì a scorgerne la SAGOMA: anche lui giaceva a terra, incatenato.

– Che gioia, capitano! Vi credevo morto! – esclamò Juioko.

Da lui Sandokan seppe che solo il *praho* di Yanez era miracolosamente SCAMPATO all'agguato e, anzi, aveva affondato una delle due navi nemiche con alcuni abili colpi di cannone. Seppe anche che Marianna era stata CATTURATA e che in quel momento era prigioniera da qualche parte su quella stessa nave. La notizia rincuorò Sandokan: almeno la sua regina era viva! Inoltre, anche Yanez era scampato all'assalto: il suo amico non l'avrebbe abbandonato, Sandokan ne era certo!

– Dobbiamo trovare il modo di fuggire! – sussurrò a Juioko.
Il tigrotto lo guardò perplesso: – E come?!
Sandokan rifletté qualche minuto, poi la sua espressione corrucciata si trasformò in un SORRISO scaltro.
– Con la finzione, Juioko – concluse, con tono calmo. – Inganneremo gli inglesi.
Juioko lo **GUARDÒ** perplesso.
– Fidati di me, compagno! – continuò deciso Sandokan. Poi si alzò e, con un grande sforzo, tese le CATENE e torse i polsi fino a che il metallo fu costretto a cedere alla forza poderosa dei suoi muscoli.
In quello stesso istante il boccaporto si alzò e Sandokan, che stava togliendosi di dosso le **PESANTI** catene, alzò lo sguardo verso il fascio di luce che dal ponte illuminava la stiva.

Un tenente e due marinai scesero dai prigionieri. Il tenente osservò impressionato le catene spezzate ai polsi del pirata e fece cenno ai due marinai di abbassare le armi, che tenevano puntate contro il prigioniero.

Sandokan guardò i tre con aria di SFIDA: – Che cosa volete?

– Sono venuto a portarvi notizie di una signora – rispose il tenente.

Sandokan sussultò: – Intendete dire... Marianna?!

– Lady Guillonk, sì – annuì l'inglese. – L'ho salvata io stesso, prima che il vostro *praho* si inabissasse.

Poi fece una pausa e aggiunse, a bassa voce:

– Vi consiglio di dimenticarla, signore. La sua reputazione è ormai rovinata e pagherà caro l'essere fuggita con voi...

Sandokan abbassò lo sguardo. – Sarò condannato, vero?
– Sì – confermò il tenente. – A Labuan.
– Che disonore! Almeno fossi caduto in battaglia! – si rammaricò il pirata.
Il tenente, che in realtà nutriva una grande *stima* per Sandokan, annuì pensieroso.
La Tigre, vedendo che quell'inglese gli mostrava una certa simpatia, cercò di sfruttare la situazione: – Non vi nascondo – proseguì, fingendosi rassegnato, – che ho del **POTENTISSIMO** veleno con me. Preferirei berlo, piuttosto che dare a Lord Guillonk la soddisfazione di condannarmi!
Il tenente soppesò la sua risposta: – Ammiro il vostro **CORAGGIO!**
– Ah! – aggiunse Sandokan. – Potessi almeno vedere un'ultima volta la donna che amo...

L'inglese rimase muto alcuni istanti, poi acconsentì: – Farò il possibile perché possiate vedere Lady Guillonk un'ultima volta... Quindi risalì sul ponte, mentre gli occhi di Sandokan brillavano tra le OMBRE della stiva.

UNO STRANO VELENO

Dopo qualche tempo, il boccaporto si alzò di nuovo. Una donna scese *rapidamente* le scale, subito seguita dal tenente, che si tenne in disparte.

Sandokan scattò in piedi. – Marianna!

– Sandokan! – mormorò la fanciulla, tra le LACRIME. – Credevo di non rivederti mai più!

Il pirata la abbracciò stretta e le sussurrò, cercando di non farsi sentire dal tenente:

– Coraggio, Marianna, non piangere... Fidati di me: se mi aiuterai, la nostra **salvezza** potrebbe essere più vicina di quanto tu creda...

Spostandosi verso il fondo della stiva, Sandokan le spiegò: – Ho un piano per **FUGGIRE**, ma perché riesca, ho bisogno di te...

Si frugò nella camicia, ne estrasse una scatoletta e mostrò a Marianna alcune **PILLOLE** rossicce dall'odore assai pungente.

– Vedi queste? – le spiegò. – Contengono un veleno potente, che provoca un **SONNO** profondo per circa sei ore. Io e Juioko ne inghiottiremo una ciascuno, così ci crederanno morti e ci getteranno in mare... Ma noi ci risveglieremo tra le **onde**!

– Ma non annegherete? – replicò Marianna, inquieta.

– No, perché tu ci aiuterai. Quando prenderemo la pillola, lanceremo un **urlo** acuto, così che tutti accorrano qui nella stiva.

Marianna ascoltava attenta e Sandokan proseguì: – Tu fingiti addolorata e chiedi di poterci vegliare. Mentre sei vicino ai nostri

corpi, mettici in tasca, di soppiatto, due pugnali. Quando saranno passate sei ore esatte, lascia che ci buttino in mare e getta in acqua qualcosa che galleggi. Se farai così, vedrai che tutto andrà bene!

– Ho SCOLPITO le tue parole nella memoria, Sandokan! – lo rassicurò la fanciulla. – Ma dopo dove andrete?

– Yanez ci segue con il suo *praho*: lui ci raccoglierà tra le onde. Poi radunerò armi e pirati e verrò a LIBERARTI, mia regina!

Così dicendo la abbracciò un'ultima volta e la lasciò tornare in coperta, sotto lo SGUARDO indagatore del tenente.

Rimasto solo, Sandokan si sedette accanto a Juioko e prese dalla scatoletta due pillole: ne inghiottirono una ciascuno. Qualche istante dopo, dalle loro gole uscì un grido LACERANTE, che fece tremare tutta la nave.
Il tenente si precipitò nella stiva e quasi inciampò nei corpi dei due pirati.
Il MEDICO di bordo li esaminò e li dichiarò morti. Il tenente allora risalì in coperta e andò da Marianna per comunicarle l'accaduto.
La fanciulla si finse sconvolta e si coprì il volto con le mani.
Poi guardò il tenente dritto in viso: – Ebbene, lasciate almeno che li vegli!
Sentendo quelle parole così accorate, il tenente acconsentì. Per dare modo alla fanciulla di stare accanto al suo amato, fece sistemare i due pirati sul ponte di poppa.

Marianna s'inginocchiò accanto a loro, aspettò che nessuno badasse a lei e poi si **SFILÒ** dal corsetto due pugnali, che nascose nei vestiti dei due uomini. Fatto ciò, attese che passassero sei ore esatte.

A quel punto baciò il viso di Sandokan e si rialzò. Senza dare nell'**OCCHIO**, si avvicinò alla fiancata di babordo, staccò due salvagente e li gettò in mare. Infine chiese che i corpi fossero **GETTATI** in acqua.

Quattro marinai fecero scivolare tra le onde Sandokan e Juioko e l'**OSCURITÀ** sommerse quasi subito i due pirati.

UOMINI IN MARE!

L'impatto con l'acqua gelida riscosse subito Sandokan e Juioko. Ritornati a galla, cercarono di ORIENTARSI nell'oscurità. A meno di un miglio di distanza SCORSERO la prua dell'incrociatore che si allontanava: loro dovevano NUOTARE nella direzione opposta, nella speranza di incontrare al più presto il *praho* di Yanez!
Il mare della Malesia si estendeva sconfinato attorno ai due pirati, senza un isolotto su cui approdare. Per non sprecare energie, i due nuotavano lentamente.

Avevano già percorso un buon tratto, quando Juioko urtò contro qualcosa: – Un *salvagente!*

– Deve essere uno di quelli gettati da Marianna! – esclamò Sandokan.

I due uomini vi si aggrapparono, cercando di recuperare un po' le FORZE.

– Capitano – bisbigliò Juioko. – Siete sicuro che incontreremo il *praho* di Yanez?

– Ne sono certo – rispose Sandokan. – Anche se il vento è debole e forse dovremo attendere alcune ore...

Aiutandosi con il salvagente i due PIRATI ripresero a nuotare, scrutando sempre attentamente l'ORIZZONTE.

Finché d'un tratto...

FIIIIIIIIIIIIIIIIIIIIII

– Tigrotto, hai udito? – chiese Sandokan.

– Il fischio di una nave! – confermò Juioko.

– Restiamo fermi! – intimò la Tigre.

– Potrebbe essere inglese...

I due pirati tennero la testa sott'acqua il più possibile e la nave, che era proprio una **CANNONIERA** inglese, filò a pochi metri da loro senza neppure notarli.

Sandokan e Juioko rimasero in balia delle onde ancora per un po', finché, alle prime luci dell'alba, il tigrotto sussultò: – Là... guardate... verso nord-ovest! Vedo una grande **OMBRA**...

Sandokan aguzzò la vista: – È un *praho*! Ah, se fosse quello di Yanez...

– Ma capitano... sono TRE!

– Che Yanez abbia trovato dei soccorsi?

Risoluto, Sandokan rassicurò il suo compagno:
– Di un *praho* possiamo fidarci più che di una nave a motore!
Juioko iniziò a sbracciarsi, gridando a pieni polmoni: – AIUTOOOOO!!!
Poco dopo si udì una voce: – Ehi! Ci sono naufraghi in mare!
I tre *praho* virarono e si avvicinarono. Dopo un breve silenzio, un'altra voce esclamò:
– Ehi, chi è là?!
Sandokan emerse dalle onde fino a metà busto, gridando: – Conosco bene questa voce!
YANEZ! SONO IO, FRATELLO!
Un grido di esultanza fece traballare i tre *praho*: – La Tigre!

Yanez gettò in mare una gomena e i due naufraghi vennero ISSATI sul ponte. Tutti li abbracciarono esultanti.

Poi Yanez e Sandokan si ritirarono in cabina: la Tigre aggiornò l'amico sull'accaduto. Yanez invece spiegò che i due *praho* che li accompagnavano erano quelli che credevano perduti nella BURRASCA a Labuan, rimasti invece in alto mare per giorni. Aggiunse che gli inglesi avevano INCENDIATO il loro villaggio, ma avevano poi abbandonato Mompracem: ora dunque l'isola era deserta, ma libera.
– Che cosa facciamo? – chiese Yanez.
Sandokan STRINSE i pugni: – Inseguiamo l'incrociatore sulla rotta di Labuan!
– Possiamo raggiungerlo in poco tempo, se il vento si mantiene BUONO – acconsentì Yanez.
Proprio in quel momento, un pirata pescò dall'acqua una cassetta che aveva visto GALLEGGIARE a pochi metri dal *praho*.

Appena la aprì, Sandokan trasalì: conteneva una lettera di Marianna! Era stata scritta in tutta FRETTA e poi infilata in un astuccio. Diceva: *Mio Sandokan, Yanez, aiutatemi! Mi trasportano alle Tre Isole.* LAGGIÙ *troverò mio zio, che mi condurrà a Sarawack!*

– Tigrotti! – tuonò Sandokan. – Dobbiamo salvare la nostra regina!

– Tutti alle Tre Isole!!! – urlarono i pirati in coro.

NON CI ARRENDEREMO MAI!

Cambiata la rotta, i pirati si prepararono al nuovo attacco. Sandokan non stava fermo un attimo e cercava di **animare** e incoraggiare i suoi uomini. Yanez invece pensò a un piano per **agire**.

– Tra le navi che ci attaccarono a Mompracem c'erano anche velieri del sultano di Varauni – **OSSERVÒ**, parlando con Sandokan.

– Quando lasciarono Mompracem, alcuni dei nostri uomini li ***INSEGUIRONO*** e li fecero colare tutti a picco.

Yanez proseguì: – Prima di affondare i velieri, però, i tigrotti si impossessarono delle bandiere del sultano come bottino.

Sandokan guardò l'amico e annuì, poi Yanez continuò: – Dunque, ecco la mia IDEA: potrei travestirmi da ufficiale del sultano, issare le bandiere di Varauni sui *praho* e avvicinarmi all'incrociatore, dicendo che mi manda Lord Guillonk. Una volta affiancati i *praho* alla nave inglese, daremo inizio alla battaglia!

Era un piano davvero perfetto!

In quell'istante il pirata di vedetta annunciò:

– LE TRE ISOLEEE!

I *praho* avanzarono, tutti e tre con la bandiera del sultano di Varauni in bella vista.

L'incrociatore nemico era ancorato poco lontano dalla costa: in cima all'ALBERO maestro sventolava la bandiera inglese.

Vestito da ufficiale del sultano di Varauni, Yanez si presentò sul ponte.

– Chi siete? – chiese una sentinella, diffidente.

– Provengo da Varauni, mi manda Lord Guillonk – mentì Yanez. – Porto ordini URGENTI da Vittoria.

Prima che le sentinelle potessero indagare, i tre *praho* avevano accerchiato l'incrociatore. Qualche istante dopo, grida di battaglia squassarono il ponte.

Sandokan guidava i tigrotti all'ASSALTO, mentre Yanez corse a cercare Marianna. La trovò in una cabina e la condusse sul ponte. La battaglia infuriò ferocissima. Pirati e soldati inglesi si fronteggiarono, fino allo stremo delle forze. Presto il ponte prese fuoco e gli inglesi si gettarono in mare, terrorizzati.

AL FUOCO! AL FUOCOOOOO!

Yanez portò Marianna da Sandokan.

– Mia regina! – esclamò la TIGRE, stringendo a sé la fanciulla.

I pirati abbandonarono velocemente la nave inglese in fiamme e s'imbarcarono sui *praho*: in un attimo presero il largo.

LA TIGRE CAMBIA ROTTA

I *praho* avevano percorso appena qualche miglio, quando i pirati si accorsero che un veliero inglese li stava **INSEGUENDO**.

La grossa imbarcazione cercò di tagliare la strada ai *praho*, ma non ci riuscì: il **VENTO** favoriva la fuga dei pirati!

Mentre osservava l'incrociatore diventare sempre più piccolo all'**ORIZZONTE**, Sandokan si incupì e si chiuse in uno strano silenzio. Poi guardò Marianna e mormorò in un sussurro: – Basta... Basta battaglie...

Percorse il ponte a passi lenti, con la fronte **AGGROTTATA**. Tornare a Mompracem avrebbe significato combattere ancora. E lui era stanco di quegli scontri continui.

– CAMBIAMO rotta, Yanez! – ordinò.

– Andiamo a Giava!

Poi guardò intensamente Marianna ed esclamò: – Sono tuo, ora! La Tigre sanguinaria non esiste più!

Dopo aver pronunciato queste parole, Sandokan si strinse alla sua amata.

Proprio lui, che non aveva mai pianto in vita sua, scoppiò in disperati singhiozzi.

Il sole stava calando all'orizzonte e il cielo si incendiava sul mare: il Borneo dava così il suo ultimo saluto alla Tigre della Malesia.

Geronimo Stilton

Questo libro non è vendibile se sprovvisto del presente tagliando
PROVA D'ACQUISTO
GERONIMO STILTON
SANDOKAN LE TIGRI DI MONPRACEM
566-1006

EDUCATIONAL

- Dinosauri
- Il mio primo dizionario di Inglese (con CD)
- Il mio primo dizionario di Inglese tascabile
- Il mio primo dizionario di Italiano
- Parlo subito Inglese
- Il mio primo Atlante

BARZELLETTE

1000 Barzellette vincenti
1000 Barzellette irresistibili
1000 Barzellette stratopiche
Il Barzellettone
Barzellette Super-Top Compilation 1
Barzellette Super-Top Compilation 2
Barzellette Super-Top Compilation 3
Barzellette Super-Top Compilation 4
Barzellette Super-Top Compilation 5
Barzellette Super-Top Compilation 6

Tea Stilton

TEA SISTERS

1. Il codice del drago
2. La montagna parlante
3. La città segreta
4. Mistero a Parigi
5. Il vascello fantasma
6. Grosso guaio a New York
7. Il tesoro di Ghiaccio
8. I naufraghi delle stelle
9. Il segreto del castello scozzese
10. Il mistero della bambola nera
11. Caccia allo scarabeo blu
12. Lo smeraldo del principe indiano
13. Mistero sull'Orient Express

VITA AL COLLEGE

1. L'amore va in scena a Topford!
2. Il diario segreto di Colette
3. Tea Sisters in pericolo!
4. Sfida a ritmo di danza!
5. Il progetto super segreto
6. Cinque amiche per un musical
7. La strada del successo
8. Chi si nasconde a Topford?
9. Una misteriosa lettera d'amore
10. Un sogno sul ghiaccio per Colette

- Sesto Viaggio nel Regno della Fantasia
- Viaggio nel Tempo
- Viaggio nel Tempo - 2
- Viaggio nel Tempo - 3
- Il Segreto del Coraggio
- La Grande Invasione di Topazia
- Le avventure di Ulisse
- Il principe di Atlantide

LIBRI SPECIALI

È Natale, Stilton!
Halloween... che fifa felina!
Viaggiare... che passione!
Inseguimento a New York
Mondo Roditore
Mondo Roditore - Giochi & Feste
Più che amiche... sorelle!
Caccia al Libro d'Oro
C'è un pirata in Internet

SEGRETI & SEGRETI

1. La vera storia di Geronimo Stilton
2. La vera storia della famiglia Stilton
3. I segreti di Topazia
4. Vita segreta di Tea Stilton

GRANDI STORIE

- L'isola del tesoro
- Il giro del mondo in 80 giorni
- La spada nella roccia
- Piccole donne
- Il richiamo della foresta
- Robin Hood
- I tre moschettieri
- Il libro della giungla
- Heidi
- Ventimila leghe sotto i mari
- Peter Pan
- Piccole donne crescono
- Le avventure di Tom Sawyer
- Alice nel Paese delle Meraviglie
- Sandokan - Le tigri di Mompracem

Cinque minuti prima di dormire
Buonanotte Topini!
Le grandi fiabe classiche
Le grandi fiabe classiche 2

AVVENTURE NEL TEMPO

- Alla scoperta dell'America
- Il segreto della Sfinge
- La truffa del Colosseo
- Sulle tracce di Marco Polo
- La grande Era Glaciale
- Chi ha rubato La Gioconda?
- Dinosauri in azione!

SUPEREROI

1. I difensori di Muskrat City
2. L'invasione dei mostri giganti
3. L'assalto dei grillitalpa
4. Supersquitt contro i terribili tr
5. La trappola dei super dinosau
6. Il giallo del costume giallo
7. Gli abominevoli ratti delle nev
8. Allarme, puzzoni in azione!
9. Supersquitt e la pietra lunare

41. Salviamo la balena bianca!
42. Lo strano caso della Pantegana Puzzona
43. Lo strano caso dei Giochi Olimpici
44. Ritorno a Rocca Taccagna
45. La Mummia senza nome
46. Lo strano caso del vulcano Puzzifero
47. Agente segreto Zero Zero Kappa
48. Lo strano caso del tiramisù!
49. Il Mistero degli Elfi
50. Il segreto del Lago Scomparso
51. Te lo do io il Karate!
52. Non sono un supertopo!
53. Il furto del Diamante Gigante
54. Ore 8: a scuola di formaggio!
55. Chi ha rapito Languorina?
56. Non mi lasciare, Tenebrosa!
57. La corsa più pazza d'America!
58. Attacco alla statua d'oro!
59. Lo strano caso del Sorcio Stonato
60. Il tesoro delle Colline Nere
61. Il mistero della perla gigante
62. Sei ciccia per gatti, Geronimo Stilton!
63. Che fifa sul Kilimangiaro!
64. Lo strano caso del Fantasma al Grand Hotel
65. Il mistero della gondola di cristallo
66. Brodo di topo... e ghigni felini
67. Lo strano caso del Calamarone Gigante
68. Il segreto dei tre samurai
69. Datti una mossa, Scamorzolo!
70. Da scamorza a vero topo... in 4 giorni e mezzo!
71. Lo strano caso della Torre Pagliaccia
72. Lo strano caso del ladro di notizie
73. Sei in trappola Geronimo Stilton!
74. Il mostro di Lago Lago
75. C'è poco da ridere, Stilton!
76. S.O.S. c'è un topo nello spazio!

- Lo strano caso degli Stratopici Dieci

TENEBROSA TENEBRAX

1. Tredici fantasmi per Tenebrosa
2. Mistero a Castelteschio
3. Il tesoro del pirata fantasma

PREISTOTOPI

1. Via le zampe dalla pietra di fuoco!
2. Attenti alla coda, meteoriti in arrivo

GRANDI LIBRI

- Nel Regno della Fantasia
- Secondo Viaggio nel Regno della Fantasia
- Terzo Viaggio nel Regno della Fantasia
- Quarto Viaggio nel Regno della Fantasia
- Quinto Viaggio nel Regno della Fantasia

Geronimo Stilton

1. Il misterioso manoscritto di Nostratopus
2. Un camper color formaggio
3. Giù le zampe, faccia di fontina!
4. Il mistero del tesoro scomparso
5. Il fantasma del metrò
6. Quattro topi nella Giungla Nera
7. Il mistero dell'occhio di smeraldo
8. Il galeone dei Gatti Pirati
9. Una granita di mosche per il Conte
10. Il sorriso di Monna Topisa
11. Tutta colpa di un caffè con panna
12. Il mio nome è Stilton, Geronimo Stilton
13. Un assurdo weekend per Geronimo
14. Benvenuti a Rocca Taccagna
15. L'amore è come il formaggio...
16. Il castello di Zampaciccia Zanzamiao
17. L'hai voluta la vacanza, Stilton?
18. Ci tengo alla pelliccia, io!
19. Attenti ai baffi... arriva Topigoni!
20. Il mistero della piramide di formaggio
21. È Natale, Stilton!
22. Per mille mozzarelle... ho vinto al Tototopo!
23. Il segreto della Famiglia Tenebrax
24. Quella stratopica vacanza alla pensione Mirasorci...
25. La più grande gara di barzellette del mondo
26. Halloween... che fifa felina!
27. Un vero gentiltopo non fa... spuzzette!
28. Il libro-valigetta giochi da viaggio
29. L'isola del tesoro fantasma
30. Il Tempio del Rubino di Fuoco
31. La maratona più pazza del mondo!
32. Il libro dei giochi delle vacanze
33. Il misterioso ladro di formaggi
34. Uno stratopico giorno... da campione!
35. Quattro topi nel Far West!
36. In campeggio alle Cascate del Niagara
37. Ahi ahi ahi, sono nei guai!
38. La vita è un rodeo!
39. La Valle degli Scheletri Gigant
40. É arrivata Patty Spring!

INDICE

esotici e misteriosi, l'unico viaggio che fece in nave fu la navigazione lungo le coste dell'Adriatico, compiuta in gioventù a bordo della nave *Italia Una*.
Sembra incredibile, ma Salgari conobbe tutti i luoghi che descrisse nei suoi testi solo attraverso i libri!
I suoi primi racconti comparvero a puntate sui giornali, mentre il suo primo romanzo vero e proprio fu pubblicato nel 1887.
Nel 1892 Salgari sposò Ida Peruzzi, attrice di teatro.
Due anni dopo il matrimonio, si trasferì con lei a Torino. Dalla loro unione nacquero quattro figli: Omar, Nadir, Romero e Fatima.
Nonostante le difficoltà economiche, Salgari scrisse sempre moltissimo: la sua opera comprende ottanta libri e oltre centocinquanta racconti! Il suo ciclo di romanzi più conosciuto è quello dei Pirati della Malesia, che ha come protagonista Sandokan, uno degli eroi più amati della letteratura per ragazzi.
Salgari morì a Torino nel 1911.

EMILIO SALGARI

Emilio Salgari nacque a Verona nel 1862 da una famiglia di commercianti. Nel 1878 si iscrisse al Regio Istituto Tecnico e Nautico di Venezia, per diventare capitano di marina, ma, con suo grande dispiacere, non conseguì mai il diploma.
Fin da giovane dimostrò grande attitudine per la scrittura: dotato di fervida fantasia, divenne ben presto scrittore di imprese di pirati. Anche se amava ambientare le avventure che creava in luoghi